COMME UN PÈRE

Laurence Tardieu est née en 1972 à Marseille. Elle est l'auteur de *Comme un père*, *Le Jugement de Léa*, *Puisque rien ne dure* (prix Alain-Fournier) et de *Rêve d'amour*.

Laurence Tardieu

COMME UN PÈRE

ROMAN

Arléa

TEXTE INTÉGRAL

ISBN 978-2-7578-0247-2
(ISBN 2-86959-586-7, 1re publication)

À mes parents

1

J'ai rêvé d'elle la nuit dernière. C'est la première fois. Au réveil subsistait en moi quelque chose de doux et triste, qui ressemblait au parfum d'une rose. La sensation se prolongea durant le petit déjeuner, sous la douche. Puis, dès que je me suis retrouvée dehors, elle a disparu, d'un coup.

En songe maman est plus belle que vivante : son visage dessine un ovale parfait ; son regard est clair ; son dos n'accuse aucune fatigue. Le temps ne l'a pas abîmée.

Elle a ouvert les yeux, lentement, m'a regardée, m'a souri. Elle a murmuré des paroles que je n'ai pas comprises. Il m'a semblé qu'elle les répétait. J'ai voulu saisir sa main. Je me suis réveillée en sursaut.

Je me suis installée à la terrasse du café situé en bas de chez moi. C'est mon premier moment de farniente depuis le début de l'été. J'ai savouré la chaleur du soleil sur ma peau, le spectacle des gens qui passaient. Je ne pensais à rien.

Louise s'arrête chez l'épicier pour acheter une tablette de chocolat, puis remonte chez elle. Malgré l'heure matinale elle ne peut résister : elle casse quelques carrés, les glisse dans sa bouche. Dans la tiédeur obscure du palais, ils s'étalent, deviennent une pâte lourde et onctueuse dans laquelle la langue s'englue.

Elle sort de la cuisine puis revient sur ses pas : le courrier est resté sur la table. Elle parcourt distraitement la liasse. La troisième lettre retient son attention : l'écriture lui est inconnue.

Elle la décachète. Découvre la signature.

Il a écrit les mots au stylo-bille bleu.

Louise, je sors dans une semaine, lundi 2 au matin. Pourriez-vous m'héberger quelques jours ?

François.

P.S : Vous pouvez laisser votre réponse à l'accueil. Elle me sera transmise. Merci.

Un voile noir s'est formé devant mes yeux. Mes jambes ont vacillé. Je me suis assise. Lorsque le voile s'est dissipé j'ai essayé de retrouver son visage. Je n'ai vu que du vide. Seule la main m'est apparue, longue, élégante.

2

La dernière fois que je l'ai vu, c'était quatre jours après la mort de maman. J'hésitais sur la manière de la lui annoncer. Durant les heures de stupeur qui suivirent la mort, je tournais et retournais tant la question que la douleur se fit à peine sentir. Au petit-matin, je n'eus pas le courage d'y aller. J'envoyai un mot :

Ma mère s'est fait renverser par une voiture, elle est morte sur le coup. L'enterrement a lieu après-demain mercredi, à seize heures, au cimetière du Montparnasse.

Louise.

La lettre à peine postée, la douleur éclata.

Le lendemain, l'avocat appela. Maître Besnard. Sa voix, nasillarde à l'autre bout du fil. Monsieur Faugerol a besoin de vous voir. C'est urgent. Au sujet de votre mère.

D'abord, je me dis non. Je n'irai pas. Hors de question. Puis, le soir, alors que je me forçais à avaler une soupe, certaines paroles prononcées par maman me revinrent. Le lendemain, comme une somnambule j'enfilai mes gants de laine et mon imperméable gris, et je me rendis à la prison.

– Pas plus de dix minutes, Madame, avertit le gardien.

Je hochai la tête, la porte vitrée se referma, dans un bruit mat. Je me retrouvai face à lui.

C'était la troisième fois. Lors de la précédente visite, onze ans plus tôt, il n'avait pas encore de cheveux blancs. Du moins c'est ainsi que je me le rappelais. Par la suite c'est cette image que j'ai conservée. Les cheveux blancs, soudain. En onze ans.

Il me regardait, sans rien dire. Si immobile, on aurait dit que la vie avait déserté son corps. Ne subsistait devant moi que la carcasse d'un vieillard.

Je plantai l'ongle de mon majeur droit dans mon poignet. Mais, même ainsi, je ne pus soutenir la fixité inhabitée du regard. Le silence m'oppressait. Je fixai mes chaussures vernies noires. Elles étaient neuves.

Alors, dans le silence j'entendis sa voix grave, indécemment belle :

– Je veux savoir comment ça s'est passé.

Puis ces mots encore, presque chuchotés :

– Je veux que vous me racontiez. Tout.

Elle ferma les yeux, lutta contre sa peur. Son cœur se mit à cogner violemment dans sa poitrine. Puis, soudain, plus du tout : elle ne savait plus si elle respirait encore. C'était la première fois qu'elle éprouvait cela : la perte de sensation de sa propre respiration. Affolés ses yeux se rouvrirent, se suspendirent à ceux de l'homme. Celui-ci restait immobile. Peut-être ne remarquait-il pas son asphyxie. Elle eut le temps de penser : Je vais crever ici, devant lui ; puis elle eut un hoquet, et, brusquement, comme si une main invisible avait actionné les vannes, elle sentit qu'à nouveau elle respirait. Elle ne sut pas ce qui s'était passé.

Quelques instants après elle commençait son récit, les yeux clos.

L'absurdité. La rue traversée à la hâte, parce qu'il fallait acheter du pain pour la voisine malade. La voiture surgie à toute allure. Et, très lentement comme dans un mauvais film, le choc, dans un effarant silence.

Elle s'interrompit et entrevit le regard, tout entier plongé en elle. Elle se redressa sur la chaise puis reprit.

On l'avait tout de suite transportée à l'hôpital. Lorsque Louise était entrée dans la chambre, elle gisait sur le lit. Il lui avait semblé qu'elle ne l'avait jamais vue aussi belle. On avait pris soin de peigner ses cheveux. Sa bouche encore fardée souriait. Son visage, si souvent crispé, paraissait détendu. On aurait dit que la mort avait été une délivrance.

Louise se pencha au-dessus du corps déjà froid, l'étreignit, combien de temps elle ne le savait plus, tout se passa dans un éblouissement ; lentement elle tira le drap blanc au-dessus de la tête, puis s'en alla.

– Voilà. C'est tout.

Elle acheva en rouvrant les yeux. L'homme aux cheveux blancs était redevenu vivant. Les yeux s'étirèrent en deux fentes, perçants, semblables à ceux d'un chat. Les lèvres frémirent. Le buste esquissa un léger mouvement de l'arrière vers l'avant.

Il hocha la tête, puis, furtivement, approcha la main. Une main longue, élégante. Une main qui ne trahissait rien des dix-neuf ans passés en prison. Louise crut qu'elle ne pourrait retenir son cri. Elle se leva précipitamment, tapa du poing sur la porte, de toutes ses forces, le gardien surgit, elle sortit.

Dehors, elle courut, et, au miroitement qui brouilla chaque objet sur lequel ses yeux se posaient, elle sut qu'elle pleurait.

3

Elles pénètrent dans le hall en chuchotant, pouffent, s'emparent chacune d'un jeton de vestiaire.

Louise et Ana. La brune au corps long, blanc et plat, la petite blonde potelée. Elles se sont connues il y a huit ans : la Golf décapotable d'Ana heurta la Fiat Uno de Louise un doux après-midi de printemps. L'instant d'après Ana bondissait comme une lionne en fureur devant la portière de Louise, déversant de sa voix puissante un flot d'injures méridionales. Louise face à tant d'ardeur demeurait coite, elles entraient dans un bar pour signer le constat, buvaient un café, un deuxième. Se racontaient leur vie. La brune apprécia la malice et la simplicité de la blonde, laquelle fut troublée par le charme de cette grande fille qui affirmait ne vivre que pour la sculpture. Elles ne se quittèrent plus.

Elles nagent, chacune dans une ligne. Ana, la brasse coulée. Louise, le crawl. Il est tôt, sept heures trente, elles sont seules dans le grand bassin bleu.

Je vais trois matins par semaine à la piscine. J'aime nager. L'eau transforme mon corps, elle l'embellit. Il se délie lentement. Il est doux avec moi. Nulle part ailleurs je n'éprouve cela : mon corps est maigre, maladroit. Comparé à celui d'Ana il n'a rien de féminin. Sec comme un bout de bois.

Ce que je préfère, c'est nager sous l'eau. Je parcours une longueur, parvenue au bout j'émerge et je remplis mes poumons d'air, puis de nouveau je gagne les profondeurs du bassin. Parfois vers les deux tiers je manque d'air mais je lutte pour ne pas remonter, c'est si rare de se sentir délivrée du poids de son corps.

– J'aimerais tant savoir nager le crawl !

– Mais tu le nages, je t'ai déjà vue.

– Oh, tu parles, la dernière fois que j'ai essayé, un type s'est approché, il m'a empoignée vigoureusement par le bras et m'a ramenée vers le bord… Comme je restais scotchée sur place en faisant des éclaboussures gigantesques, il a cru que j'étais en train de me noyer…

Elles rient. Leurs jambes se balancent devant

le rebord blanc. Ana est en maillot de bain bleu marine échancré dans le dos. Elle est belle. C'est bon de ne pas être seule aujourd'hui.

– À part ça ?... Lucien ? Ton travail ?

– Lucien est souvent au Luxembourg en ce moment. On se voit peu. C'est bizarre ce rythme... Mais bon, au moins je m'arrange comme je veux, je peux passer mes journées à l'atelier... Bref...

Les mots glissent dans l'odeur de chlore. Louise sent le regard bleu d'Ana, interrogateur, s'attarder sur son visage. Elle secoue la tête.

– Depuis l'expo... je suis contente, j'ai beaucoup travaillé, j'ai trouvé des trucs ces derniers temps...

Louise se tourne vers Ana, lui adresse un sourire forcé. Ana se penche vers elle.

– Alors quoi ma douce ? J'ai l'impression qu'il y a quelque chose qui cloche ?

Elle a senti. Ana, ma sœur.

J'ai voulu retenir les mots, je n'ai pas pu.

– C'est mon père...

– Ton père ? Comment ça, ton père ? Tu m'as toujours dit que tu n'avais pas de père...

J'ai esquivé le regard d'Ana, recroquevillé les genoux sous moi. Puis j'ai murmuré, vite, comme dans l'enfance lorsque je récitais un poème dont je n'avais pas bien compris les vers :

– Si, j'ai un père. Il sort la semaine prochaine

de vingt ans de taule. Je l'ai vu trois fois dans ma vie. Il veut s'installer chez moi le temps de trouver quelque chose ; tu vois le décor ?

Elle est restée silencieuse. J'ai senti sa main sur mon poignet, calme, j'ai pu respirer. Dans la piscine l'eau continue à gargouiller.

J'ai commencé à me sentir nauséeuse. J'ai tenté de respirer plus lentement. Ana est la première à qui je dis la vérité. Les autres se sont toujours contentés de la version officielle : mon père mort lorsque j'avais trois ans, brutalement, en pleine nuit. Cette version, je l'ai inventée dès mes sept ans, puis, au fur et à mesure des années, travaillée, remaniée, ciselée. Au début je versais dans le lyrisme, j'ajoutais des touches « larme à l'œil » soigneusement étudiées. Cela donnait quelque chose comme : c'est moi qui l'ai découvert, à une heure du matin. Maman était sortie. J'ai entendu son cri, terrible, un hurlement. Il était en travers du lit. Son visage était gris comme la poussière. Il a gémi longtemps puis il est mort. J'ai dû attendre le retour de maman. Je tenais sa main dans la mienne. Je ne pleurais pas.

Plus tard, j'ai senti que la sobriété émouvait davantage. Mon histoire devint austère : mon père est mort, une crise cardiaque en pleine nuit. J'avais trois ans.

Je savais y mettre le ton, dépouillé de toute

intonation plaintive. Les gens me dévisageaient, emplis d'une soudaine et artificielle pitié. Pauvre Louise, ils disaient. Pauvre Louise. Et moi je jubilais.

La nausée persiste. Tout doux, mon corps. Calme ! Il a beau être mon père physiologiquement, pour moi il reste un étranger. Il ne représente rien, il n'a jamais existé. Un fantôme. Louise, une fille sans père. Ça a toujours été comme ça, aucune raison pour que les choses changent. Vous ne la connaissez pas, c'est Louise, la pauvre petite, elle a perdu son père très jeune.

La sortie de ce type, c'est un embarras, une contrainte en cette période de création. Rien de plus.

– Tu es toute pâle. Viens, on va se prendre un bon chocolat chaud.

Nous nous sommes enroulées dans nos serviettes éponges. Rouge pour Ana, blanche pour moi. Sous la douche j'ai coupé l'eau chaude, ouvert le robinet d'eau froide au maximum. Je suis restée un long moment sous le jet, la tête renversée, immobile, me laissant fouetter par l'eau glacée. Mon mal au cœur s'atténuait.

Les mots ont raconté une histoire. Je ne sais pas s'il s'agit de la mienne. Ils se sont assemblés, contredits, superposés, Ana et moi les avons écoutés. Dans ma tête surgissaient des images, si distinctes qu'il me semblait les voir s'embraser ; comme dans les contes, elles se déversaient de ma bouche, changées en phrases. L'immobilité de ma mère. Son visage qui soudain grimaçait, comme si une main invisible et folle se prenait à le gifler. Les longs soupirs qu'elle croyait silencieux et qui m'effrayaient. Les moments de lassitude précédant ceux d'étreintes brusques. Les paroles mystérieuses des voisins. Les paroles affolantes. Le matin bleu et glacé où maman avait révélé l'inavouable, j'avais sept ans. Lorsque ce fut fini je courus dans ma chambre, pris ma poupée, lui racontai l'horreur, ris à en perdre le souffle, quelle imagination elle a cette maman, quelle imagination hein, je répétai à ma confidente. Puis, comme un plongeon dans un trou noir, les trois visites à la prison, chacune plus terrifiante que la précédente. Les nuits sans sommeil durant lesquelles je m'inventais une histoire ; je m'appliquais à me dédoubler.

Mon chocolat est devenu froid. La main d'Ana est restée sur mon poignet. Lorsque sa voix a résonné, elle m'a semblé si douce, j'ai cru pleurer.

– Tu as une idée de ce que va faire ton père, maintenant ?

– Ne l'appelle pas mon père. Ce type n'a rien

d'un père, c'est un étranger... Ce qu'il va faire je n'en sais rien, et je m'en moque complètement. Tu comprends... Tout ça c'est en trop dans ma vie, ça n'aurait pas dû être ainsi, alors pas question que ça empiète davantage sur mon territoire. J'ai déjà perdu une heure ce matin, le temps de te raconter. Je vais encore perdre plusieurs jours, le temps que ce type va passer chez moi. Après c'est fini, ça sort de ma vie.

Ana la regarde, son amie au bord de la colère, le frémissement de sa bouche pâle. Elle prononce simplement :

– Moi j'ai deux parents normaux, sans histoire. Ils m'aiment, je les aime. Pourtant... il y a aussi une faille, tu comprends ?...

Louise hausse les épaules, porte le bol à ses lèvres, termine son chocolat. Se redresse.

– J'ai deux places pour Béjart, ce soir. Ça te dit ? Lucien ne peut pas venir, il rentre tard du Luxembourg. Vingt heures trente, théâtre de la Ville.

Le visage d'Ana s'éclaire. Ses yeux reflètent une expression quasi enfantine. Louise sourit. C'est ce qu'elle envie à Ana, cette capacité à s'ancrer dans le présent. À en saisir chaque aspérité.

Ana se lève.

– Dans ce cas, pas question de rester là, figée comme un santon. Je file au bureau...

Elle se glisse derrière les épaules de Louise, la retient quelques instants serrée contre elle. Louise sent son parfum, doux, aux arômes de chèvrefeuille, descendre sur elle.

Puis elle disparaît.

4

Les éclats de marbre tombent à terre. Louise cogne avec ardeur. Son visage est tendu, ses yeux plissés par l'effort. Elle ne s'interrompt pas, elle travaille depuis quatre heures dans le désordre de son atelier. C'est la première fois qu'elle s'attaque à un bloc aussi imposant ; ses mains sont douloureuses, son dos en sueur, il lui semble que son corps va éclater de toute cette énergie qui gronde en elle.

Elle voudrait qu'elle naisse plus vite, cette sculpture dont l'évidence lui est apparue la nuit dernière. Un buste d'homme jaillissant du bloc, les jambes prises dans le marbre, les bras se dressant vers le ciel, et de la bouche entrouverte s'échappe un cri. Louise peine, elle porte en elle cette image si nette et après quatre heures de travail on ne distingue rien. C'est difficile, difficile.

Je me suis traînée jusqu'au réfrigérateur, me suis versé un verre de lait à la vanille. Me suis laissée glisser au sol, adossée contre la fenêtre.

C'est toujours comme ça : sculpter est une nécessité de mon corps, le prolongement de son désir. Celui-ci assouvi, je me retrouve creuse, comme morte.

Parfois en plein travail le téléphone sonne, je l'entends de très loin ; telle une automate je décroche, réponds d'une voix atone, et c'est presque toujours la même question :

– Allô, Louise, tu dors ?

Moi, les mâchoires crispées, d'un ton sec :

– Non, je travaille.

(Je suis dans mon atelier, pas au bord de la mer, à moins que tu ne croies que j'ai aménagé mon atelier en plage ? Tout bleu, des galets lisses et ronds rapportés de Nice, un hamac, un cocktail rose acidulé à mes pieds...)

– Ah, excuse-moi, il m'avait semblé... Ta voix...

– Écoute, je te rappelle en fin d'après-midi.

Sapristi ! Comment n'y avais-je pas pensé, on sculpte en dormant. Une petite sieste dans l'atelier, et hop ! on ouvre les yeux, la sculpture se dresse devant vous, telle que vous l'aviez rêvée. Puis tous les deux ans on expose, un vernissage, on s'est faite belle, une robe sexy, on boit du champagne, on rit, on est une artiste, tout est si fan-tas-tique !

Même Lucien a parfois du mal à comprendre, l'énergie, la concentration, le silence à chercher au-dedans de soi. Et le temps, le temps, jamais je n'en ai assez, je cours après lui, il se dérobe, j'essaie de prendre de l'avance, mais de l'avance sur le temps quoi de plus absurde.

5

– Louise, tu es réveillée ?

– Mmh...

La main épaisse rôde sur sa nuque, glisse sur son épaule, caresse sa gorge. Au-dessus de son visage, elle perçoit le souffle tiède aux relents âcres de cigarette.

Feindre de ne pas avoir entendu, basculer sur le flanc gauche et continuer à dormir...

– Veux-tu devenir ma femme ?

Les mots se déversent en elle, électrisant son corps engourdi. Elle ouvre les yeux. Comme les membres sont lourds dans le sommeil !...

– ... Lucien, qu'est-ce que tu racontes, il est trois heures du matin, tu dors...

– J'ai les idées parfaitement claires, Louise, je te demande si tu veux devenir ma femme.

Silence. Louise étend le bras, attrape le verre

d'eau posé sur la table de chevet, boit quelques gorgées, se redresse.

– Dis donc, ne sois surtout pas plus enthousiaste, ça risquerait de t'étouffer...

– Ce n'est pas ça, Lucien, mais...

Pourquoi pense-t-elle à sa mère soudain ? Le mal de vivre de sa mère...

D'un geste las elle s'ébouriffe les cheveux. Réprime un bâillement.

– ... Écoute, on en reparle demain, si tu veux bien. En pleine nuit ce n'est pas possible, c'est trop compliqué, il y aurait beaucoup de choses à dire, je suis fatiguée...

– C'est trop compliqué... Ah, je vois...

Elle sent les lèvres charnues effleurer le coin de sa bouche, s'attarder.

– Rendors-toi... Et surtout, Louise, surtout, on ne reparle pas de ça demain.

Elle se blottit contre le corps chaud. Elle a peut-être rêvé.

6

Dimanche soir, Louise se couche tôt. Avant d'éteindre la lumière elle lit quelques pages d'un roman. C'est une chose qu'elle aime depuis l'enfance : lire dans la quiétude et la chaleur du lit. L'esprit trouve alors l'espace suffisant pour plonger dans des univers étrangers, s'émouvoir, rire, compatir. Pour prendre le large, et voguer, voguer...

Lucien est parti pour le Luxembourg. En fin d'après-midi Louise l'a accompagné à l'aéroport, en silence elle a conduit. La chaleur était incommodante. Ils avaient un peu d'avance, se sont arrêtés dans une cafétéria, hall 3. Louise a commandé une citronnade, Lucien un double expresso. Ils étaient assis face à face, dans la lumière blafarde des néons elle a discerné les cernes autour des yeux, gris, creusant le visage.

Elle a bu la citronnade, sans hâte, le regard fixé sur lui.

– Qu'est-ce que tu vas faire pendant ces trois jours ? a demandé Lucien.

Louise a haussé les épaules :

– Que veux-tu que je fasse, à part travailler...

Elle a aussitôt regretté la sécheresse de son ton. Mais que peut-elle y faire ? Depuis la nuit dernière elle se sent entraînée malgré elle dans une spirale destructrice qui rend chacun de ses mots et gestes dur et tranchant. Même à l'égard de Lucien.

Il y a eu un silence, long comme une attente. Lucien a repris :

– Je ne sais pas ; j'ai pensé que tu pouvais te reposer, tu as passé beaucoup de temps à l'atelier ces derniers temps. Ça te ferait du bien de souffler un peu, tu ne penses pas ?

– Je n'ai envie que de ça en ce moment, sculpter, et encore sculpter.

Le regard gris-vert de Lucien est venu se poser sur celui de Louise, doux et triste. Une fraction de seconde Louise a hésité à tout lui dévoiler : la lettre, l'arrivée imminente de... l'autre.

Les mots sont restés emprisonnés en elle. Elle a détourné les yeux.

Au moment de pénétrer dans le sas Lucien a pivoté, il a enlacé Louise, ils se sont étreints, plus étroitement que d'habitude. Lucien a senti les battements du cœur de Louise, rapides, il a caressé ses cheveux, son cou, sa gorge. Puis elle s'en est retournée, parmi les allées ternes et sales, avec lenteur.

Elle se réveille en sursaut. La nuit est pleine. L'aiguille du radio-réveil indique deux heures. Son corps est en sueur, sa respiration saccadée, les draps tombés à terre. À tâtons elle se dirige vers la salle de bains, s'asperge d'eau froide. Respirer, respirer... Les préceptes de son professeur de yoga, vieil homme lumineux au visage strié de rides, reviennent à sa mémoire : Rappelez-vous, dans la respiration c'est l'expiration qui est importante, pas l'inspir...

Louise sourit. Pose la main sur son ventre. C'est toujours un étonnement pour elle, sentir la chaleur de cet endroit du corps. Imaginer qu'un jour, peut-être, un enfant... Chaque fois que Louise y pense, elle frémit. Un enfant, en elle ? La maternité lui fait l'effet de ces épouvantails qui, petite fille, la fascinaient tout en la terrifiant. Oui, maternité, épouvantail... D'ailleurs, une femme enceinte ne se rapproche-t-elle pas d'un épouvantail ?

Bien, me voilà repartie dans mes divagations... Je ferais mieux de retourner au lit.

Je ne me suis pas recouchée tout de suite :

sensation trouble d'avoir oublié quelque chose. J'ai tourné en rond dans la pénombre, puis j'ai fini par ouvrir l'armoire en bois. J'ai attrapé une paire de draps bleus, déplié le canapé-lit du salon, mis les draps. J'ai regardé ce grand lit vide et bleu qui sentait le frais. La dernière fois que je l'avais préparé, c'était pour maman : elle y avait dormi une nuit, deux semaines avant sa mort. Elle en avait eu l'insolite envie. Ça ne lui était auparavant jamais arrivé. Avait-elle senti l'ombre rôder ?

Je lui en serai toujours reconnaissante : cette soirée, cette nuit et ce petit matin en sa présence ont suffi à emplir mon esprit d'images indélébiles. Je n'ai qu'à fermer les yeux pour *voir* maman chez moi : elle est là, elle met le couvert, elle beurre ses tartines, elle rit.

J'ai hésité puis ajouté une couverture légère. On ne sait jamais.

7

Il est là.

La main droite s'agrippe à un sac en toile verte, la gauche se balance dans le vide comme s'il lui manquait quelque chose.

Il est là.

Il plisse les yeux, regarde autour de lui. Impossible de dire s'il est grand ou petit. C'est idiot, il me paraît les deux à la fois. Grand, et petit.

Je suis sortie de la voiture, j'ai avancé. De moi à lui il n'y a que quelques pas, je suis sur une scène de théâtre, je marche dans la lumière des projecteurs, mille yeux m'observent, je n'aurais pas dû mettre de talons hauts, d'ailleurs moi qui n'en mets jamais je vais me tordre la cheville, quelle idée, je le saurai pour la prochaine fois, mais non, Louise, il n'y aura pas de prochaine fois, bien sûr.

Me voilà devant lui. Sa paupière gauche tressaute. Il a un drôle de geste, comme pour chasser une mouche.

– Je suis venue en voiture. Je suis garée tout près, je murmure.

Il hoche la tête, j'entends sa voix :

– Bonjour Louise. Merci d'être là...

Son regard, magnétique, me saisit. Je détourne les yeux.

Il se recroqueville sur le siège. Le volant est déjà chaud. Louise démarre en trombe.

– J'habite le IIIe, pas loin de République.

Il hoche la tête en silence. Louise allume le poste-radio. Schubert. Elle s'empresse de changer de station. Va pour la variété anglaise. Elle l'entend baisser la vitre. Il lui semble, mais peut-être a-t-elle mal observé, que ses mains tremblent.

Elle se concentre sur la route. N'a-t-il pas une odeur... bizarre ?

Elle manque d'air. Transpire. Troisième queue de poisson en cinq minutes.

Oui, je suis sûre de connaître cette odeur. Respirer, respirer... Envie de crier.

Il a l'air doux. De toute façon, je le hais. Je le hais ! Il est ridiculement trop grand dans ma Fiat Uno. Je veux voir Ana. J'irai nager entre midi et deux. Il reste du taboulé dans le frigo.

Maman. J'ai froid de toi entre tes omoplates.

Tu nous vois ? On ressemble à quoi tous les deux ?

Mais quoi, tu l'aimais encore ?

Ils marchent en silence rue du Roi-Doré (Dieu qu'ils sont difformes ensemble). Il avance très lentement. Soudain elle n'entend plus ses pas. Elle se retourne, elle le voit, debout, le visage dans les mains. Pourvu qu'il ne pleure pas...

Ce n'était qu'un éternuement.

Il pose son sac à terre, fouille dans ses poches. Il ressemble à un gamin, la même attitude égarée dans le silence. Il continue à chercher. Ses mains courent, inquiètes, dans la poche intérieure de sa veste.

– Tenez, prenez ça.

Elle lui a tendu un Kleenex, sans le regarder. Une seconde après a coulé un regard en biais : comme une ombre sur le visage, l'expression d'une rage contenue. Elle presse le pas.

Dans la serrure la clef a laissé entendre son habituel cliquetis. La porte s'est ouverte. Ils sont restés debout dans l'entrée, immobiles, deux idiots qui ne se parlent pas. Le sac vert a glissé à terre.

– Ainsi, voilà où tu vis...

Elle l'entend murmurer. Le tutoiement gicle comme une eau glacée.

– J'ai préparé le canapé-lit du salon. Voilà la cuisine, la salle de bains, les toilettes.

Elle parle trop fort. D'une main rude elle le dirige, le frôlant à peine (surtout ne pas le toucher). Lui désigne chacune des pièces. Elle surprend le regard qui s'attarde sur les crampons de foot de Lucien.

– Je ne vis pas seule. Mon ami est en déplacement pour quelques jours, au Luxembourg.

Elle se dépêche d'attraper son maillot de bain, ses lunettes de piscine.

– Je ne rentrerai pas pour déjeuner. Il y a de quoi manger dans la cuisine, vous pouvez vous servir.

Et comme il la regarde sans rien dire, debout devant elle, elle lance, sur un ton plus brusque encore, comme un cri de colère :

– Vous avez besoin d'une paire de clefs, vous allez sortir ?

(Cette odeur, éliminer cette odeur...)

D'un coup le sang s'est retiré de son visage. La longue main s'agrippe au dossier de la chaise. Il ressemble soudain à un vieillard.

– Je ne sais pas, Louise. C'est un jour difficile pour moi, comprenez-vous ?

Cette langue, si châtiée après vingt ans de détention. Il pense peut-être retrouver intact son univers d'autrefois, celui de l'apparat et des mondanités.

Elle fait craquer ses phalanges, une à une dans le silence. Il reprend, et elle perçoit sa respiration, saccadée :

– Non, vous ne comprenez pas, d'ailleurs je ne vous demande pas de comprendre. Vous m'hébergez, c'est suffisant.

Il la fixe, si violemment qu'elle se sent happée par lui, elle cherche quelque chose à dire, rien ne vient. Elle tourne les talons, traverse le salon. Elle sent soudain sa main qui lui serre le bras.

– Louise, je sais que pour vous je suis le misérable de l'histoire. Je...

– Vous vous trompez ! Pour moi vous n'êtes rien ! Rien du tout !

Les mots ont jailli sans qu'elle ait pu les retenir. Il demeure immobile, elle lit dans ses yeux la souffrance et l'étonnement. D'autres paroles continuent de crier en elle : Vous êtes un vide, qui se découpe devant moi, et qui retournera dans son vide.

Il poursuit. Sa voix est plus basse :

– Vous avez peut-être raison, Louise. Pour vous je ne suis rien. D'ailleurs, tout compte fait, il me semble que c'est bien ça mon véritable châtiment... Mais laissons cela...

La vieille main tremble.

– ... Voyez-vous, je vous vois là, devant moi, vivante, marcher, bouger dans votre appartement, et je ne peux m'empêcher de penser que vous êtes ma fille, comprenez-vous Louise ? Et, aussi idiot ou méprisable que cela puisse vous paraître, j'en suis bouleversé.

J'ai vu ses yeux s'accrocher à moi. Me dévorer.

J'ai posé ma main sur la poignée, la porte s'est ouverte. L'escalier était sombre j'ai dévalé les marches.

8

– Monsieur Faugerol, nous n'allons pas les laisser faire. Nous allons nous pourvoir en cassation. Monsieur Faugerol ? Vous m'entendez, Monsieur Faugerol ?

– Elle est partie ?

– Oui, Monsieur, elle est partie dès qu'elle a entendu le verdict. Écoutez, il nous reste la cassation.

– Avait-elle... la petite avec elle ?

– Je ne sais pas, Monsieur. Ah si, je me souviens maintenant, oui, l'enfant était avec elle.

– Ah... Alors c'est bien. Tout est bien...

– Mais... la cassation ? Nous avons encore cette possibilité.

– Maître, je vous en prie. Ayez l'obligeance de leur dire que je suis prêt.

– C'est ce que m'a rapporté l'avocat, Louise. Ce sont ses mots exacts.

– Et alors ? Pourquoi tu me dis ça ? Pourquoi tu me parles de lui tout à coup ?

9

Devant elle la sculpture inachevée. Louise la contemple, hébétée. Depuis trois heures son corps est lourd, son ventre sans désir, l'engluement. Les jours d'impuissance ressemblent à des jours de deuil.

Et si *ça* ne revenait plus ? Si je ne retrouvais pas ce qui jusqu'à présent était une évidence ?

C'est comme les enfants. Ma grand-mère le répétait sans cesse. Un jour ils s'en vont, et tout redevient silence. Les larmes, les couches, le caca, les berceuses, on se demande, tout cela a-t-il vraiment existé ? La création, l'amour, même destinée : des hôtes de passage. Au bout, la solitude. Le rien.

Non, Louise, non. Ce n'est pas concevable. Tu te trompes. Les évidences, ça ne disparaît pas comme ça, d'un coup. Les évidences, ça demeure.

J'ai avancé jusqu'à la chaîne hi-fi. Mahler, symphonie numéro cinq. Les notes ont envahi l'atelier. J'ai augmenté le volume, presque au maximum, je me suis allongée par terre. J'ai fermé les yeux.

Les évidences, quelles évidences ? Mesdames et Messieurs, cherchez l'évidence ! L'évidence de quoi, de la vie ? C'est la musique qui est l'évidence, la musique, quel bonheur, ça entre dans le corps, ça descend dans la nuque, les épaules, glisse le long de la colonne vertébrale, enveloppe le creux des reins, la voilà l'évidence, c'est la sensation, il n'y a que la sensation, le reste n'existe pas, ou plutôt, le reste, on n'en est pas sûr, on n'est jamais sûr de rien, regarde cet homme, il a tué, et ta mère, si douce, elle a trahi, demain, ce sera au tour de qui, Ana peut-être, ou peut-être toi, oui, toi, Louise, ne fais pas trop la fière, ça peut être tout le monde, ça peut même être la sculpture, oui, même la sculpture, tout finira par te glisser entre les mains.

Je suis droguée à la musique. Le jour où j'ai compris que j'étais incapable de composer, j'ai pensé que la vie s'était trompée. Il devait y avoir une erreur d'aiguillage : j'étais *faite* pour être compositeur. Alors quoi ? Comment une méprise aussi grossière... ?

Je ne me suis pas avouée vaincue, j'ai attendu. Un an, deux ans. En vain : je ne pouvais toujours pas composer une ligne. Alors, ça s'est fait je ne sais comment : un matin, je me suis retrouvée parmi cinq autres personnes, debout dans un atelier, à transpirer sept heures d'affilée sur un bloc d'argile face à un modèle plantureux dont l'immobilité me fascinait. Après sept heures, ma sculpture ressemblait à un baobab, j'étais dans un état d'enchantement jubilatoire : désormais, je serais sculpteur.

Le destin a le sens de l'humour, lui.

Mais, quoi qu'on travaille, marbre, terre ou argile, le résultat reste de la matière. Rien à voir avec l'immatérialité de la musique. Comment éviter l'écrasement en sculpture ?

Un soir, j'ai voulu expliquer ça à Ana. Elle m'a écoutée, elle a hoché la tête. À l'expression voilée de son regard, j'ai su qu'elle n'avait pas compris.

Cette solitude, même avec les plus proches.

10

Qui suis-je ? Parfois je me le demande, je me vois glisser entre mes mains, ou plutôt mon personnage. J'imagine une chute, elle durerait longtemps, du ciel vers les entrailles de la terre, je tomberais sans cri, dans une effrayante volupté.

Qui es-tu, Louise ?

Me suis arrêtée devant une boulangerie. Dans la vitrine, gâteaux sagement alignés. Tartelettes à la fraise, mille-feuilles aux fruits rouges, tartelettes au citron, opéras. Je les ai contemplés. État d'engourdissement étrange, presque agréable. Un homme m'a bousculée. Il ne s'est pas excusé, m'a dévisagée bizarrement. Je me suis souvenue – mais pourquoi ? – de ce couple de clochards. Lui s'était faufilé dans un wagon, la main déjà tendue pour recevoir l'aumône. Comme les portes se fermaient il avait adressé en geste un long baiser à sa compagne. Elle était assise, une loque, sur les sièges orange de la RATP. Ils se sont souri. Le visage de la femme est devenu radieux.

Je suis entrée dans la boulangerie. Ça sentait la pâte à choux et le sucre d'orge. J'ai demandé un mille-feuille. La boulangère m'a fait répéter, sans doute avais-je marmonné entre mes dents. Alors, sans réfléchir j'ai prononcé :

– Deux mille-feuilles aux fruits rouges, s'il vous plaît.

Sur le chemin du retour j'ai marché lentement. Le plus lentement possible, mon paquet blanc triangulaire précautionneusement serré dans la main.

Juste avant d'entrer. Je m'adosse à la porte, dans l'escalier obscur. Mon cœur bat la chamade. Cette fois, ce sont mes mains à moi qui tremblent.

Louise traverse le salon. Il est vide. Les coussins marocains n'ont pas été déplacés. Aucun bruit nulle part. Elle se mordille un ongle. Balaie du regard la cuisine, la chambre. Se dirige vers la salle de bains.

Elle est fermée. Louise hésite, puis gratte à la porte. Aucun son ne lui parvient. Elle s'apprête à frapper lorsqu'il lui semble percevoir un grognement.

– ... Vous êtes là ? (Surtout ne pas l'appeler par son prénom.)

Encore un grognement, plus proche du soupir. Puis le silence, glaçant. Louise actionne la poignée de la porte : elle l'aperçoit, recroquevillé sur le rebord de la baignoire, claquant des dents le visage en sueur. Elle ne dit rien. Elle demeure devant lui, idiote, bras ballants, mâchoires crispées.

– Vous êtes malade ? elle prononce enfin. Sa voix est blanche.

Il secoue la tête, lentement. Les lèvres effilées ont perdu toute couleur. Il essaie de sourire.

– Ça va vous paraître stupide mais c'est grand chez vous... Je ne suis plus accoutumé à l'espace. J'avais le vertige... Ici je me sens mieux. C'est plus petit... moins angoissant...

Et, comme elle ne répond rien, il demande, il supplie :

– Quelle heure est-il, s'il vous plaît ?

– Dix-neuf heures trente.

– Dix-neuf heures trente...

Elle le voit réfléchir. Il penche la tête sur le côté, fronce le sourcil gauche (Comme moi ! Cette manière identique d'incliner la tête ?... La même expression...)

– ... Dix-neuf heures trente... Ainsi... Vous êtes partie vers dix heures... Plus de neuf heures se sont écoulées.

Les jambes de Louise flageolent. D'une voix mal assurée elle réplique :

– C'est exact.

– Oui... Voyez-vous, ça aussi m'a été enlevé, la notion du temps. Il n'y a plus de temps pour moi. Il y a... un immense brouillard, dans lequel tout flotte. Vous aussi Louise, vous flottez. Je vous vois... là, si loin... Et le brouillard s'étend à perte de vue, sans limite aucune...

– Je vais faire chauffer de l'eau pour un thé. Je...

Elle n'achève pas. Pivote sur elle-même. Se dirige vers la cuisine.

– Mais, Maman, comment peux-tu continuer à lui rendre visite après tout ça ? Comment peux-tu ?

– Je lui ai tout pardonné, Louise. Je l'ai haï, puis je lui ai pardonné.

– Et lorsqu'il sortira ?

– C'est la vie qui décidera, Louise. Peut-être l'aimerai-je de nouveau...

– Mais, Maman... Il t'a tout pris ! Ton amour...

– ... Mon amour... Oui, sans doute, mon amour... Il m'a pris mon rêve... mon désir... Mais j'étais coupable, Louise...

– Coupable ? On n'est jamais coupable d'aimer.

– Bien sûr que si Louise. Relis les Dix Commandements.

Les Dix Commandements ! Mais Maman ! Tu t'es laissée *écraser* par ta culpabilité...

La bouilloire siffle. Louise verse l'eau dans deux tasses en porcelaine ancienne blanche et rose. Elles lui viennent de son arrière-grand-mère. Debout contre le bar surélevé elle boit le thé brûlant à petites gorgées. Elle sent le liquide descendre en elle, une onde revigorante dans le corps raidi. Elle abandonne la deuxième tasse sur le plan lisse. Quitte la cuisine. Rejoint sa chambre. Puis lance, d'une voix forte :

– Il y a du thé dans la cuisine.

Elle s'assied en tailleur sur le lit, farfouille dans le désordre de sa table de chevet, s'empare d'un livre, au hasard. Bernanos.

Sœur Blanche de l'Agonie du Christ. Moi aussi j'ai peur.

Il tape à la porte. Un raclement de gorge. Les griffes de Louise s'enfoncent dans le livre, elle se tapit contre le mur. Puis c'est le silence, la menace de sa profondeur.

Louise écoute, le cœur battant. Yeux clos tête

renversée poings serrés jusqu'à l'étourdissement elle cherche à happer les moindres indices de sa présence, de l'autre côté de la porte. Lui aussi doit être aux aguets. L'un et l'autre, deux bêtes prêtes à bondir.

Le temps passe. Ni l'un ni l'autre n'a abandonné ses positions. La situation vire à l'absurdité. Louise se sent traquée. C'est elle l'animal pris au piège. Impossible désormais de sortir de la chambre, négligemment, comme si de rien n'était... Une fureur froide l'envahit peu à peu, contre lui mais aussi contre elle-même, comment a-t-elle pu s'embourber aussi stupidement ?

Elle se recroqueville sur les draps.

Mais dégage, dégage, qu'est-ce que tu attends de moi, fous le camp !

– Louise ?

– ...

– Louise... J'ai faim...

L'enfant prise en faute s'est levée. L'enfant prise en faute a ouvert la porte. L'enfant prise en faute l'a regardé puis hoché la tête. L'enfant prise en faute s'est dirigée vers la cuisine. L'enfant prise en faute a ouvert le frigo, sorti quatre œufs, le fromage râpé, une tomate, le poivre le sel la noix de muscade. L'enfant prise en faute a préparé une omelette.

L'enfant prise en faute a pleuré.

Elle a disposé deux couverts sur le bar en bois. Elle a partagé l'omelette en deux parts égales, les a fait glisser dans les assiettes. Elle a hésité puis prononcé, d'une voix forte :

– C'est prêt.

Il s'est approché. Elle a perçu les pas lourds et silencieux. Il doit avoir des semelles en caoutchouc. Son long corps a glissé dans la cuisine. Comme dans un songe il s'est faufilé entre les chaises et soudain je le vois, il est assis face à moi, il me fixe. Une seconde je soutiens son regard, puis je commence à manger. Après un bref silence j'entends le bruit sourd et terrifiant de ses mâchoires. Le nez dans l'assiette je ne peux distinguer son visage mais je vois les belles mains tour à tour s'élever et s'abaisser, lentement, comme deux envoûtants spectres blancs. Elles paraissent détachées du reste du corps.

– Louise...

Sa voix grave a rompu l'enchantement. J'ai sursauté, puis levé les yeux vers lui.

Il sourit d'une étrange façon. Louise ne peut réprimer un frisson : il sourit comme un mort. Les yeux éteints, atones. Cet homme-là est ailleurs.

– Merci Louise.

Il a légèrement penché la tête sur le côté, comme pour mieux attendre une réponse qui ne venait pas. Devant lui la jeune femme est restée figée. Mentalement elle a compté jusqu'à dix. Il ne s'est pas levé.

En définitive, manger est un acte simple. Même lorsqu'on est deux et que l'autre est un monstre : il suffit de planter la fourchette, d'une main résolue, dans la nourriture, d'élever cette main à ses lèvres, d'ouvrir la bouche, d'ingurgiter la nourriture tout en mâchant lentement (ce dernier point est important, sous peine de s'étouffer), et de recommencer ce geste jusqu'à ce que l'assiette soit vide. On peut parfois se donner du courage en avalant une gorgée de vin (ou toute la bouteille).

Par la fenêtre entrouverte elle a entendu le crissement des pneus d'une voiture, le choc, le silence, le hurlement.

À cet instant c'est elle, Louise, sous la voiture. Ne pas tomber par terre. Ne pas tomber... Elle pince son poignet, à l'endroit doux où la chair est plus fine, de toutes ses forces.

Le vertige a cessé. Était-ce une hallucination ?

Elle peut de nouveau poser les yeux sur lui.

Elle remarque la pâleur du visage, se redresse sur la chaise.

Puis elle demande, aussi calmement que possible :

– Vous allez rester combien de temps ici ?

Une dernière fois les mains magnifiques se soulèvent avant de s'écrouler sur le bois, en un geste de démission. Il parle sans la regarder :

– Louise, lorsque j'ai su que vous acceptiez de m'héberger quelques jours, je n'ai plus dormi. J'ai imaginé cent, cent cinquante fois peut-être, les moments que nous vivons maintenant... Étonnamment ce n'est pas tant ma sortie – et Dieu sait pourtant avec quelle souffrance je l'ai attendue pendant vingt ans – que l'instant de notre rencontre, l'instant précis de vous et moi, qui surgissait à mon esprit, comme l'image éblouissante d'un rêve... Oh, je mentirais si je ne reconnaissais pas qu'au fond de moi je pressentais bien que vous ne m'aimeriez pas, mais...

La voix un instant se tait, puis Louise perçoit les mots chuchotés :

– Ce rêve de vous et moi, c'était tout ce qui me restait...

Elle reste interdite, puis ses lèvres presque sans bouger murmurent :

– Je comprends ce que vous dites. Mais moi, je ne vous ai pas attendu. Je ne vous ai pas préparé de place dans ma vie. Il n'y a ni avant ni après. Vous êtes en dehors de moi.

Dans une immense tension Louise dévisage l'homme aux cheveux blancs. Puis elle se lève. Ses jambes sont en coton. Elle se verse un verre de vin, d'un trait l'engloutit. Un peu de liquide rouge gicle sur le devant de son débardeur noir.

Elle sort.

Dehors un vent chaud. Exténuant.

Il est vingt et une heures. Louise se faufile dans la salle de bains, prend soin de verrouiller la porte. Elle fait couler l'eau dans laquelle elle répand quelques gouttes d'essences aromatiques. Assise sur le sol froid elle écoute la baignoire se remplir. Le bruit l'apaise (c'est vrai qu'on se sent bien dans ce petit espace), il lui semble qu'elle pourrait demeurer ainsi une éternité, une boule de chair nue sur un carrelage blanc, et ne plus jamais se relever, ne plus jamais...

Elle se glisse dans la baignoire. L'odeur des essences pénètre son corps, lentement elle s'enfonce dans l'eau. Elle sent ses cheveux flotter autour d'elle, comme des algues. Elle devient un coquillage.

Le mille-feuille ! Il faut le récupérer !

Louise tend l'oreille : aucun bruit. Il doit être dans le salon. Il lui suffit de fermer les yeux pour le voir, il est assis parmi les coussins marocains, le buste raide, les bras repliés sur la poitrine, la tête à peine inclinée, le regard fixe. Comment peut-on *imaginer* aussi distinctement un étranger ?

Revêtue de son peignoir de bain elle jette un coup d'œil autour d'elle, traverse le couloir, bondit dans la cuisine. Le paquet est toujours à la même place, à droite de la bouilloire. D'une main impatiente elle déchire le papier blanc. La gourmandise apparaît. Louise la porte à sa bouche, en avale un morceau. Le sucre glace recouvre ses lèvres. Avant même d'avoir achevé la première bouchée, elle mord une deuxième fois dans le gâteau ; c'est alors qu'elle devine sa présence derrière elle.

Elle se retourne, brusquement. Debout dans l'entrebâillement de la porte, les yeux mi-clos ne laissant poindre que les deux pupilles noires étincelantes, il l'observe, les bras croisés. Sa stature dégage une force aussi saisissante qu'inattendue. Sa bouche dessine un rictus convulsif. Louise esquisse un mouvement de recul.

– Je vous fais peur ?

Même sa voix paraît changée : plus dure, plus assurée. Muette, Louise secoue la tête en signe de dénégation. Elle a du mal à avaler la dernière bouchée de mille-feuille. Les miettes s'accrochent à sa gorge, elle tousse plusieurs fois, manque d'avaler de travers. Elle s'agrippe à un angle du bar.

– Oui, parce que, à bien y réfléchir, je pourrais vous faire peur. Vous pourriez vous dire, cet homme est un meurtrier. Il n'a pas hésité à tuer quelqu'un, avec sang-froid et préméditation de surcroît.

Son regard s'est fait plus coupant. Il paraît ivre. Louise n'ose pas tourner la tête vers la bouteille de vin. Elle demeure figée, les poings serrés, blanche de colère.

– Partez ! elle réussit à articuler.

Le son de sa voix lui donne du courage. Elle répète alors, en criant, dans une jouissance mêlée d'exaspération et de peur :

– Partez, partez ! Partez !

Son cri ne semble pas l'avoir atteint. Immobile, il continue de la scruter de ce regard aigu qui donne à Louise la sensation de se faire déchirer en lambeaux. Sans le quitter des yeux elle recule encore d'un pas, le dos courbé, une bête ramassée sur elle-même, prête à l'esquive.

– Et, ma foi, vous auriez raison de penser ainsi. Et encore, ça ne serait rien... Vous n'avez pas idée de la violence qu'on accumule en soi pendant vingt années d'enfermement. On devient... comme une bête sauvage.

Sa voix ne trahit aucune émotion : elle est mécanique, inexpressive comme la bille de ses yeux. Du jais. Les lèvres auparavant blafardes ont pris une teinte rouge vif. Collage grotesque et inquiétant dans le visage terreux. Soudain l'homme éclate de rire, un rire cinglant. Louise ne peut réprimer un frisson.

– Comment voulez-vous que j'aime un type comme vous ? Vous me donnez la nausée... elle murmure, dans un souffle.

Un instant l'homme la dévisage, la main dressée vers elle, la bouche entrouverte comme s'il n'avait pas compris. Puis il blêmit. Les épaules se voûtent, les yeux sombres se couvrent d'un voile. En un éclair il est redevenu un misérable vieillard. Il détourne la tête, s'accroche à la poignée de la porte, lentement pivote sur lui-même. Louise le voit regagner le salon, dans une démarche pitoyable et fantomatique. Elle peut reprendre son souffle.

Restée seule elle ouvre la fenêtre, se penche au-dehors. Le vent chaud continue à souffler. Elle dénoue ses cheveux, les laisse se balancer dans le vide.

Ai fermé la porte. Me suis couchée. Le salon est encore éclairé. La première journée est passée. Demain j'appelle Ana.

11

Chaque été elles s'y rendaient, le dernier dimanche de juin. C'était un rituel sacré. Elles partaient tôt le matin, à l'heure où il fait bon dormir. Louise passait prendre sa mère, celle-ci l'attendait, toujours au même endroit, devant l'épicerie ancienne « La mère de famille ». Elle tenait dans la main un panier à provisions débordant de victuailles. Louise klaxonnait, sa mère agitait le bras en signe de reconnaissance, souriante elle s'engouffrait dans la Fiat Uno. Elles empruntaient l'avenue de Clichy, le boulevard périphérique, puis sortaient de Paris. L'autoroute était presque déserte. Louise roulait à vive allure. Sa mère s'était faite belle, la robe décolletée bleue à fleurs rouges, ou bien parfois l'autre, la longue noire à pois blancs. Autour de son cou un collier d'améthystes.

Elles arrivaient près de la mer. Louise baissait

la vitre, l'air iodé leur parvenait par bouffées. Sa mère soupirait :

– Ah, ce n'est pas la Méditerranée, mais tout de même, comme ça sent bon.

Elles garaient la voiture, se hâtaient vers la plage, l'immense plage de Deauville. Louise se précipitait dans l'eau. Elle nageait vers le large, sa mère la voyait disparaître, se réduire à un petit point noir. Le bain pouvait durer trois quarts d'heure.

Puis elle regagnait la plage. Lentement la tache sombre reprenait forme humaine. Dès qu'elle distinguait le visage de sa fille la grande femme se levait, s'approchait du rivage et la fixait sans la quitter des yeux. Louise mettait pied à terre, radieuse, trempée.

– Tu es partie loin, murmurait sa mère en entourant les épaules mouillées.

Ensuite elles s'allongeaient côte à côte, leur chair blanche sous le soleil. Somnolentes et languissantes elles se laissaient dorer. Parfois l'une chuchotait une phrase, l'autre d'un soupir émergeait de sa torpeur. C'était exquis.

Après le pique-nique Louise se redressait, elle prenait sa mère par le bras et toutes deux couraient au bord du rivage. D'abord la mère refusait d'entrer dans l'eau.

– C'est glacé. Elle décrétait, immobile. Louise secouait la tête.

– Mais non. C'est parce que tu as chaud. L'eau est aussi bonne que ce matin... Mouille-toi d'abord un peu le visage et le cou, et tu verras, ça ira tout seul.

La mère s'aspergeait prudemment. Louise s'approchait, le regard malicieux.

– Plus que ça, allez, ne fais pas ta peureuse...

Et si sa mère demeurait figée, les bras repliés sur le ventre et les mâchoires serrées, Louise ne résistait pas à la tentation de l'éclabousser.

– Allez, un peu de cran !

La mère finissait par se jeter à l'eau. Elle gloussait. Louise regardait son visage retrouver une enfance. C'étaient des instants doux.

Puis la journée s'achevait, paresseusement. La plage se vidait. Elle redevenait cette longue étendue grise et silencieuse que Louise et sa mère avaient trouvée le matin. Toutes deux se levaient, rassemblaient leurs affaires, lentement regagnaient la voiture. Louise déposait un baiser dans le cou de sa mère.

– C'était une journée splendide...

Le volant était brûlant. Louise descendait la vitre. L'air tiède lui faisait du bien. Elle était lasse. Sa peau avait l'odeur âcre des algues et du sel. Elle écoutait sa mère lui raconter les derniers événements de sa vie tranquille. Elle souriait.

Bientôt elles arrivaient aux abords de la capitale. La voiture glissait dans les rues bruyantes. Elles s'embrassaient, la mère descendait, son panier vide au bras. Louise la regardait s'éloigner.

Ce même bonheur, chaque dernier dimanche de juin. Ces journées-là, j'étais Louise, j'allais à Deauville avec maman.

12

– Je te trouve dure avec lui. Tu te rends compte, il a passé les vingt dernières années de sa vie en prison. Et puis, après tout, c'est ton père...

– Mais quoi, c'est mon père ? Ce mot n'a aucune signification pour moi. Mets-toi ça dans la tête, je ne sais pas ce que ça veut dire, avoir un père... Je n'ai pas choisi de ne pas en avoir, on ne m'a pas demandé mon avis, alors je ne vais pas maintenant m'inventer une troisième jambe, sous prétexte qu'un pauvre type qui sort de vingt ans de taule, déboussolé, a baisé ma mère il y a des années !

– Il n'a pas seulement « baisé ta mère », comme tu dis, il l'a épousée...

– Eh bien, je vais te dire une chose, Ana : on vit très bien sans père. La notion de père, c'est une invention purement culturelle. Regarde le monde animal. Un père, ça n'a aucune nécessité.

C'est la mère qui donne la vie. C'est la mère qui nourrit l'enfant. Le reste, on s'en fout !

– Qu'est-ce que tu en sais ? Tu aurais peut-être été différente si tu avais eu un père ? Tes choix auraient peut-être été autres, je ne sais pas moi...

– Ah oui, ça, évidemment... Et si j'étais née pakistanaise, mes choix auraient sûrement été différents.

– Ce que tu peux avoir mauvais caractère...

Louise hausse les épaules.

Elles se promènent dans le jardin du Luxembourg. À cette heure-ci les allées sont presque désertes. Elles croisent régulièrement des inconscients – des *fadas* comme les appelle Ana : joggeurs ruisselants, échevelés, accomplissant par trente-deux degrés à l'ombre leur défi absurde et quotidien de citadins en mal d'espace.

– Non mais, tu imagines l'état dans lequel ils doivent arriver au boulot : fiers comme Artaban, croyant avoir réalisé un exploit, roulant des mécaniques. Je plains leur secrétaire... s'exclame Ana.

Elles gloussent. Le joggeur du moment leur lance un regard hargneux.

– On dirait Marc, chuchote Ana.

Louise remarque son trouble. Marc et Ana ont vécu quatre ans ensemble. Marc était un garçon à l'ossature carrée et au tempérament joyeux, les sourcils en broussaille et la chair rebondie. Il mesurait deux mètres trois. Marc et Ana enlacés, c'était l'éloge de la dissemblance – pour certains, celui de la discordance. Eux en riaient. Ils n'avaient pas besoin de l'assentiment des autres : ils étaient heureux.

Puis, brutalement, l'inimaginable. Un banal examen de routine. On découvre à Marc une leucémie. En six mois le ravage est accompli. Marc meurt un matin de mai. Un homme immense devenu aussi léger que du papier couché dans un lit blanc. C'était il y a trois ans.

Voilà la vie : on est heureux. On en est parfois conscient. Soudain tout bascule. On se retrouve plongé dans un autre temps, un autre espace. L'existence se referme. On est pris à son piège. On s'enfonce dans la solitude. Impossible de saisir la main de quiconque. L'époque heureuse apparaît comme une bulle, flottant, légère et inatteignable, au-dessus de nous.

Ana parle rarement de cette période. Parfois, dans un soudain débordement, certaines images resurgissent. Seulement les bons moments. La maladie, la souffrance, la mort, jamais elle ne les évoque.

– Quoique... Il n'avait pas le nez rouge écrevisse lorsqu'il courait, lui...

Louise approuve d'un vigoureux hochement

de tête. Elle appréciait beaucoup Marc. Elle le considérait comme un frère. Ses blagues la faisaient rire. Sa dérision. Son détachement. Elle s'en émerveillait.

– Et Lucien, il en dit quoi, de tout ça ?

– Rien.

– Comment ça, rien ?

– Je ne lui en ai pas parlé.

– ?

– ...

Ana secoue la tête.

– Tu as un homme et tu ne partages pas ça avec lui ?

– Je ne risque pas de le partager puisque je ne le vis pas.

– Quoi, tu ne le vis pas ? Arrête de t'inventer des histoires ! Il habite bien chez toi en ce moment ! Vous avez dîné ensemble ! Il dort dans le canapé à dix mètres de toi ! Alors quoi, tu ne le vis pas ? Tu débarques ce matin le teint blême, remontée à bloc, tendue comme si tu t'étais enfilée deux cafetières, et tu oses dire que tu ne le vis pas ! Tu...

– Oh, ça va, j'ai compris ! Tu ne vas pas continuer ! Oui, c'est vrai, tu as raison. N'empêche que je n'ai aucune envie de mêler Lucien à tout ça. C'est ma vie, pas la sienne.

– À la bonne heure ! Ta vie !

Louise hausse les épaules. Ana a raison. Sa façon claire et directe de percevoir la réalité.

– Ana ?...

– Oui ?

– Ce matin, j'ai cru que je ne pourrais pas me lever.

– Je comprends.

– J'ai cru que j'allais rester enroulée dans les draps comme une momie et que la journée comme une mort blanche passerait et le soir aussi et la nuit d'après aussi sans que je ne me sois levée.

– Je comprends.

– J'ai pleuré pendant des heures. Je me suis sentie si seule ; je pouvais toucher cette solitude.

– Louise. Je serai toujours là pour toi.

J'ai hoché la tête. J'ai enfoui mon visage dans son cou.

Elle sent bon Ana.

13

J'ai eu souvent cette tentation folle : m'inventer un père. Inventer sa voix. Son corps. Ses colères. Sa douceur.

Mais pour cela il fallait que l'autre n'existe pas. Il fallait que je le tue. Je n'ai pas pu. Combien de fois pourtant me suis-je emparée de l'arme. Je l'élevais à mon épaule, je me concentrais pour bien le visualiser, cet homme aux mains trop belles, puis, lorsque enfin une image m'apparaissait, dans une parfaite netteté, je visais.

Jamais je n'ai pu tirer. Jamais.

C'est ainsi : l'absent était trop envahissant, je manquais de courage pour l'abattre, je ne pouvais donc pas m'inventer un père.

– Allô, Lucien ?

– Louise, enfin ! Je me demandais ce qui se passait. Aucune nouvelle depuis dimanche...

– Excuse-moi. J'ai été occupée...

– Oh là là, toi, tu as ta voix des mauvais jours. Que se passe-t-il ?

– Rien.

Silence. Louise perçoit la respiration de Lucien à l'autre bout du fil. Elle ferme les yeux. Lucien. Son visage anguleux. Ses regards aigus. Son rire sonore. Elle reconnaît le crépitement d'une allumette : il aspire une première bouffée, la tête légèrement en arrière, les paupières mi-closes. Il attend ce qu'elle ne sait pas lui dire.

– Louise, tu es toujours là ?

– Oui.

– Qu'est-ce qui ne va pas ? Dis-moi.

Impossible de formuler les mots. Ils restent étouffés dans la poitrine. Quelle main complaisante pourrait s'introduire dans le corps de Louise et s'en emparer, les faire glisser, doucement, avec cajolerie, puis brutalement les éjecter ? Alors, peut-être, cette épuisante sensation de pierre accrochée au sternum...

– Bon, Louise. Je rentre après-demain soir. On parlera de tout ça si tu en as envie, d'accord ?

Il a raccroché. J'ai mal à la nuque. Cela paraissait pourtant simple : il aurait suffi d'ouvrir la bouche, d'articuler, les mots auraient été dits. D'où vient l'impossibilité de commander à soi-même ?

Peur de retourner à l'atelier. Peur de cette sculpture qui demande à naître. Je la sens en moi, elle est dans mon ventre, mes bras, mes doigts ; elle gémit, pousse de tous côtés pour sortir, la nuit me réveille, palpite, m'exténue.

Peur de retourner à l'appartement.

Peur de moi.

Allez, Louise, courage ! Relève la tête !

J'ai entendu les notes de Satie depuis le palier. J'ai ouvert la porte, sans un bruit me suis dirigée vers le salon. Il ne m'a pas vue. Il est assis sur le canapé blanc. Il pleure. Il pleure sans sanglots. En silence. Sa tête s'abandonne sur le canapé. Ses yeux se ferment. Sa bouche s'entrouvre. Son visage s'apaise. Il chavire.

J'ai eu l'impression de me voir. Je suis restée pétrifiée.

Il s'est retourné. Son regard est revenu en lui. Un éclair nous nous sommes regardés. J'ai entendu sa voix, plus grave que d'habitude, et cassée :

– Je n'avais plus écouté Satie depuis vingt et un ans. J'avais oublié combien c'était beau.

J'ai hoché la tête.

– Oui, moi aussi j'aime beaucoup.

Ma voix s'est étranglée, j'ai quitté la pièce.

Une heure plus tard. Il entre dans la cuisine. Je prépare le repas. Une salade de roquette et de parmesan. Des raviolis frais, achetés chez l'épicière italo-bretonne du coin de la rue. Son visage s'éclaire d'un sourire.

– Vous êtes sculpteur, n'est-ce pas ?

J'acquiesce.

– Élizabeth me l'avait dit.

Un instant une ombre plane. Ma main reste en suspens au-dessus de l'huile d'olive.

– J'ai aperçu les deux nus dans le salon.

Il n'ajoute rien. Peut-être n'aime-t-il pas. Son jugement devrait m'être complètement indifférent. Je reconnais pourtant le serrement familier dans mon ventre et ma gorge.

– C'est prêt si vous voulez.

– Avec plaisir.

Les propos banals s'échangent, glissent de l'un à l'autre, presque murmurés. Du pain. Volontiers. Merci. Un peu d'eau.

Louise l'observe à la dérobée. Il paraît calme. Ses gestes sont lents, ses mains ne tremblent pas. Elle pose un morceau de brie sur le bar. Le fromage, laissé plusieurs heures en dehors du réfrigérateur, se répand généreusement sur l'assiette. Louise surprend une lueur dans les yeux de l'homme. Il se sert une part énorme. Elle le voit porter une première bouchée aux lèvres et dans un soupir fermer les yeux. Il mâche avec lenteur. Les paupières closes il murmure :

– J'aime tant le fromage...

Puis, rouvrant les yeux et rivant ses pupilles noires sur celles de Louise :

– Vous n'avez pas idée de ce qu'on mangeait mal. On nous apportait parfois des aliments que vous auriez cru destinés à un chien... Même les choses simples, les pâtes, par exemple... c'était épouvantable... la sauce bolognaise... Sans doute une manière de plus de nous ôter le goût des choses, le goût de la vie. Je suppose qu'ils pensent que ça fait partie de la peine...

Louise garde le visage baissé. Elle ne peut s'empêcher d'écouter. D'imaginer les odeurs, le silence, la nudité. Une fois seulement, elle avait quatorze ans, elle avait lu un livre sur les prisons. Le témoignage d'un ancien détenu à la maison d'arrêt de Fresnes. Elle se souvient de la tension extrême avec laquelle elle avait dévoré le livre, comme en apnée. Jusqu'à l'aube elle s'y était perdue, un étourdissement. Le détenu y racontait son expérience : le mitard, les promenades, toujours dans le sens inverse des aiguilles d'une montre, les fouilles au corps, le racket. Louise avait tour à tour éprouvé fascination et répulsion. Elle avait refermé le livre, elle était allée vomir. Elle n'avait jamais plus lu d'autre ouvrage sur les prisons. Elle les avait même évités.

Ce soir, face à cet homme, le désir la brûle soudain de tout savoir. Comment c'est, vingt ans derrière les barreaux ?

Comment c'était, dis ?

– Je ne veux rien entendre de tout ça. Votre histoire ne m'intéresse pas.

Sa longue main se fige, hésite. Il saisit son verre. Avale une gorgée de vin. Louise le revoit écoutant Satie. Elle reprend, d'une voix qu'elle tente de rendre plus douce :

– Je ne cherche pas à vous blesser. Mais je ne veux rien connaître de vous. Lorsque vous quitterez cet appartement, je veux ne pas me souvenir de vous.

– Vous voulez ne pas vous souvenir de moi ? Vous êtes bien volontaire.

Une seconde les mots résonnent dans la cuisine, en un écho grotesque. Impossible de soutenir le regard pénétrant.

Dans un mouvement brusque l'homme se penche en avant, laisse retomber ses poings sur la table.

– Mais, Louise, comment pouvez-vous dire cela ? Je ne suis pas un fantôme. Je suis un homme, avec un corps et un esprit. Que vous refusiez de me considérer comme un père, je peux le comprendre, mais prétendre que je n'existe pas... Que je traverse votre vie comme une ombre...

Des flammes sortent de sa tête, elles deviennent gigantesques, dansent devant moi, se rapprochent, lèchent mon visage, mon corps.

Il s'est assis. Serre ses mains l'une dans l'autre, comme pour contenir leur violence.

– Ce que vous ne comprenez pas, Louise, c'est que j'existe pour vous. Et pas seulement depuis hier ou une semaine, mais depuis votre naissance...

– Qu'en savez-vous ?

– Vos sculptures, Louise. Vos sculptures... Regardez-les.

Nous nous sommes observés sans rien dire. J'ai senti la boule gonfler dans ma gorge, je me suis pincé la main pour étouffer mes larmes. Elles sont restées à l'intérieur.

Je me suis levée, j'ai débarrassé la table. Il est resté assis. Son regard me transperçait. J'ai quitté la cuisine.

Dans ma chambre il y a une cheminée. Sur la cheminée un de mes premiers bronzes : une tête d'homme. Je l'ai prise dans mes mains, me suis affaissée sur le lit et l'ai tenue à hauteur de mon visage. Côte à côte la tête et moi je nous ai contemplées, dans l'immense glace au-dessus de la cheminée.

J'ai éclaté de rire.

Comment peut-on reconnaître une évidence avec dix ans de retard ?

– Louise...

– Oui ?

– J'ai l'adresse d'une association spécialisée dans la réinsertion. Je compte m'y rendre demain.

– ...

– Louise... Excusez-moi pour tout à l'heure. J'ai du mal à me maîtriser... J'espère que peu à peu... Bref, je voulais vous dire... Je sais que lorsqu'on crée on est extrêmement sensible à l'avis des autres... Vos sculptures me touchent trop pour que je puisse en parler autrement que ce que je vous en ai dit pendant le repas... Voilà, je tenais à vous le dire. Je ne voulais pas que vous vous imaginiez... Bonne nuit Louise.

De l'autre côté de la porte les pas s'éloignent.

Comment sait-il cela, lui ? La brûlure du regard des autres ? Quelle vie a-t-il eue, avant ?

Avant de tourner en rond pendant vingt ans dans la cour d'une prison, dans le sens inverse des aiguilles d'une montre.

14

Cela m'arrive depuis que je sculpte. J'ai peur de me faire écraser par une voiture. Ce n'est pas lié à l'accident de maman, non. C'est antérieur. Je travaille pendant plusieurs heures, je sors de l'atelier, je me retrouve dans la rue. J'ai peur de me faire écraser. Écrabouiller.

En vacances la peur disparaît. Je l'oublie. Le monde extérieur redevient doux.

Puis je rentre à Paris. Il suffit d'une demi-journée d'isolement. L'angoisse me happe aussitôt. Dans la rue je me retourne sans cesse. Brusquement. J'ai peur de voir un automobiliste foncer sur moi. Ana dit que je ressemble à une bête traquée. Une girafe traquée, elle a précisé une fois.

Le jour où maman est morte, je n'ai pas pu m'empêcher de penser qu'elle avait pris ma mort.

15

La quantité de déchets que produit un être humain est inimaginable : une personne, une grosse poubelle bleue tous les trois jours – et je considère uniquement la poubelle de la cuisine : en toute rigueur il conviendrait d'inclure celle de la salle de bains et celle du bureau.

Deux personnes, une grosse poubelle bleue tous les deux jours. Parfois une par jour. Dépend de ce qu'on a ingurgité.

Qu'on soit deux étrangers ou une fille et un père, même résultat. La quantité de déchets ne varie pas selon le lien des personnes entre elles.

Lorsque Louise se glisse hors de l'appartement, lui dort encore. Le ciel arbore une teinte gris-jaune. Les rues sont désertes. L'air frais réveille le corps de Louise. Elle enfouit les mains dans ses poches, marche à vive allure.

Ne penser à rien. Bientôt plonger le corps dans l'eau, s'effacer sous la surface bleutée.

Devenir liquide.

– Louise ? Tu habites dans le coin ?

Il a surgi devant elle. Il n'a pas changé. Il semble à Louise que c'était hier. Long, le visage émacié, les pommettes saillantes. Les yeux gris-bleus, les cils longs et recourbés comme ceux d'une femme. Il a toujours le même sourire mutin.

– Oui, enfin, pas loin... J'allais à la piscine...

– Ah, tu t'es mise au sport, je vois.

Il rit. Louise secoue la tête.

– Disons que c'est plutôt pour me détendre...

– Qu'est-ce que tu deviens ?

Qu'est-ce que tu deviens, tu habites où, tu travailles ?... Attention, tiens-toi prête, la série commence. Les cases rassurantes dans lesquelles il s'apprête à te ranger de manière à ce que son cerveau visualise ta vie en quinze secondes. Mieux encore, si tu pouvais lui croquer en une phrase ton existence depuis dix ans...

– Je suis sculpteur.

– Ah, alors ça continue... C'est bien, en tout cas, tu fais ce que tu voulais.

– Oui.

Elle entrevoit la minuscule cicatrice au-dessus

de l'arcade sourcilière. Un accident, une chute ? Une dispute ?

On avance ensemble quelques semaines, quelques mois, quelques années. Un jour on se quitte. L'autre emporte ce qui lui appartenait, photos, casseroles, chemises. De lui il ne reste rien, sauf des souvenirs. Mais les souvenirs, ça glisse, ça s'égrène, ça tourbillonne... ça finit par s'imaginer... Jusqu'à ce qu'un matin l'autre n'ait jamais existé.

Quelle absurdité. Pourquoi la chaleur de ceux qu'on a étreints, avec lesquels on s'est laissé emporter, contre lesquels on s'est dressé, ne nous garde-t-elle pas tant qu'on est encore en vie ? Ces corps fraternels, qui auront avancé sur le chemin en même temps que nous... avant l'abîme... les serrer encore un peu, juste un petit peu, un bout d'épaule, là... On est si seul au moment de la mort.

– Et toi ?

– Je travaille chez L'Oréal. Je suis chef de groupe sur des produits solaires. C'est passionnant. Je voyage pas mal. J'ai une petite équipe.

– Ah, je vois...

– Et je vais bientôt être papa...

Elle hausse les sourcils, redresse la tête.

– Félicitations...

– Oui, je suis fou de joie. Et toi, de ce côté-là ?

– Oh moi, je n'en suis pas encore là...

Un silence. Elle lui sourit. Affligeant, son sourire. Elle a mal aux mâchoires. Elle sautille d'un pied sur l'autre (Dieu qu'elle se déteste lorsqu'elle est comme ça).

– Bon, eh bien, ça m'a fait plaisir de te revoir...

Elle demeure une seconde interdite, elle ne sait pas si elle doit l'embrasser. Elle le regarde encore, lui adresse un deuxième sourire, puis reprend sa route. Elle ne l'entend pas bouger. Sans doute l'observe-t-il. À quoi pense-t-il ? À leurs différences ?

– Louise !

Elle se retourne. Il avance vers elle, d'un pas décidé.

– Tu es dans l'annuaire ? Je vais t'appeler. Ça me ferait plaisir que tu viennes dîner un soir.

Elle hoche la tête.

– Louise...

Maintenant il est très proche.

– Je voulais te dire... ça te réussit, la sculpture : tu es magnifique !

Magnifique ? Magnifique !

Ah bon ?

Et voilà, il a disparu comme il était arrivé. Nous nous serons à peine frôlés.

J'ai montré à Ana comment nager le crawl.

Elle sort trop tôt la tête de l'eau. Sa nage est saccadée, son corps s'écrase. Elle prétend qu'elle n'a pas assez de souffle. Je lui ai expliqué que tout était dans le rythme. Elle a soupiré :

– Rythme ou pas rythme, je ressemble à un hippopotame.

En l'occurrence ce n'est pas faux. Elle, dans la vie, si fluide. Nous avons rigolé. Elle a abandonné tout espoir de savoir un jour nager le crawl. L'eau n'est pas son élément. L'épreuve de la vie est différente selon les êtres.

16

La tête a émergé du bloc. Je m'étais éloignée pour saisir un verre d'eau, lorsque je me suis retournée, elle était soudain là, évidente.

Parfois les choses se font à notre insu. Jaillissant des tâtonnements qui ont précédé.

Je l'ai caressée, puis j'ai creusé les yeux. Deux entailles qui ne me quittent pas du regard. Il leur manque pourtant quelque chose : ces yeux-là ne crient pas. Ils sont trop tranquilles.

Le cri doit sourdre de chaque parcelle du visage. Pas seulement de la bouche.

Ce cri en moi... C'est lui dont il faut que je m'empare...

J'ai dû m'endormir d'un coup. Ce rêve. Ana au bord de la mort. Couchée nue dans une blouse bleue, le visage gris, le corps enchaîné par une myriade de tuyaux. Dans la pièce le silence valdingue. Je m'approche. Je presse la main inerte. Je la caresse. Elle est douce et potelée. Mon Ana. Je dépose un baiser dans le creux de ses yeux éteints.

Me suis réveillée en sursaut. Dans la bouche un goût d'amandes amères. J'ai pourtant toujours pensé qu'Ana était indestructible. Que, de nous deux, c'était moi la vulnérable. Même après la mort de Marc.

J'ai repris le travail sur l'expression des yeux. Il me semble que c'est mieux. À moins que ce ne soit la projection de mon propre regard ? Il vient toujours un moment où je ne vois plus rien. Je ne sais plus rien. Je suis dans un brouillard épais. Mais il faut continuer à avancer. Moins on voit, plus il faut avancer. C'est la discipline que je m'impose. C'est angoissant (n'y a-t-il rien de plus angoissant que l'opacité), mais jusqu'à présent je n'ai rien trouvé de mieux. Lucien pense que ce n'est pas bon que j'emploie mes journées entières à sculpter. Selon lui, trop d'isolement est néfaste. Mais je ne suis pas seule : s'il savait quelle fête permanente occupe mon cerveau !

Déjà treize heures ! Ne m'avait-il pas dit qu'il serait absent aujourd'hui ?

Il a oublié de refermer la porte à clef. C'est l'heure où l'appartement est baigné de soleil.

Louise s'allonge sur le parquet, dans un rai de lumière. Peu à peu son corps se fait lourd, comme s'il était enveloppé de boue compacte. Tout autour c'est le silence. Il n'y a plus rien.

Il n'y a plus rien. Je suis un éphémère.

C'est mon premier jour, et le dernier.

Quelques minutes plus tard. Elle entre dans la cuisine, ouvre le réfrigérateur. Ce sera de la viande des grisons accompagnée d'une salade de tomates et de mozarella. Simple mais efficace. L'huile d'olive adoucit sa gorge. Elle mâche lentement, ses longues jambes se balançant en dessous du bar. Elle s'efforce de ne penser à rien. Reposer son esprit. Une mouche est entrée. Elle volète de la cuisinière à la table, de la table à l'épaule de Louise, bourdonne avec entrain. En voilà une qui ne se pose pas de questions. Quoique, finalement... qui sait ?

Louise termine son fromage blanc lorsqu'elle entend l'éternuement. Puis le claquement d'un pas. Sa main droite se fige, son visage se durcit, elle laisse retomber la cuiller dans le pot de miel.

– C'est vous ? Vous êtes là ?

Aucune réponse. Louise sort de la cuisine, se dirige vers la salle de bains. Ouvre la porte. Comme la veille il est recroquevillé sur le rebord de la baignoire. L'expression de ses yeux est hagarde, sa tête oscille en mouvements nerveux, de droite et de gauche. De sa bouche s'échappent de curieux gémissements, presque doux.

Elle s'approche, empoigne son bras, le secoue fermement.

– Qu'est-ce qui se passe ? Ça ne va pas ?

Il semble soudain s'apercevoir de sa présence, la dévisage d'un regard de fou. Elle sent sous sa main le long corps s'arc-bouter puis se mettre à trembler, violemment. La bouche à plusieurs reprises s'ouvre et se referme, comme si elle cherchait à articuler quelque chose.

– Mais calmez-vous, calmez-vous !

Il s'accroche à elle de toutes ses forces. Louise manque de vaciller. Elle voit le visage s'altérer, se couvrir de sueur. L'homme est proche de l'évanouissement. Louise ouvre le robinet d'eau froide, en remplit le verre à dents et asperge le front brûlant. L'homme s'abandonne. Peu à peu les tremblements s'espacent, les gémissements diminuent. De temps en temps encore un hoquet isolé. Louise garde les mains sur les épaules osseuses. Plusieurs minutes ils demeurent ainsi, immobiles dans le silence, jusqu'à ce qu'elle ne perçoive plus aucune convulsion. Alors elle desserre son étreinte, et sans un mot se lave les mains. Au-dessus du lavabo le miroir lui renvoie l'image de l'homme. Il apparaît épuisé, ses traits sont tirés, sa peau grise. C'est lui qui rompt le silence.

– J'ai surestimé mes forces... Je suis incapable de me déplacer seul sur plus de deux cents mètres... Tous ces bruits dans la rue... Ces marteaux-piqueurs, ces klaxons... Et surtout, le métro... Il faut dire que je ne le prenais pas souvent, avant... C'est l'escalier roulant... Je n'ai pas pu...

Chaque mot semble arraché au prix d'un effort intense. Louise hoche la tête.

– On m'avait bien proposé un soutien en vue de la réinsertion, mais j'ai refusé... l'orgueil... J'ai cru que je m'en sortirais sans trop de peine... Et puis, vis-à-vis de vous, je ne voulais pas...

Il ne la regarde pas. Il fixe le sol, avec obstination.

– Je ne savais pas que la prison avait fait ça de moi... J'ai tellement lutté, dedans, pour ne pas sombrer. J'étais fier... Je travaillais... Je me croyais plus fort qu'elle, la prison je veux dire... Mais là, quand je me vois comme ça... Tant de dégâts...

Il redresse la tête, s'arrête à hauteur de son visage. Il la regarde longuement, comme s'il la découvrait pour la première fois. Son visage ressemble à un parchemin usé. Il lui sourit.

J'ai soudain senti l'envie de vomir. J'ai porté

la main à ma bouche, me suis précipitée hors de la salle de bains.

– Louise ?

– Oui...

– Ça va ?

– Ça va.

Ne pas pleurer. Ne pas pleurer. Ne pas pleurer...

– Vous pleurez, Louise ?

Ne pas s'effondrer.

Il s'est approché. On devrait nous filmer, lui et moi à tour de rôle pantins désarticulés. Ployés à terre. Allez Louise, ça suffit, redresse-toi, marche, arrête de pleurer...

Je ne peux pas... je ne peux pas c'est plus fort que moi... ça y est, les sanglots. Les hoquets.

– C'est rien. Laissez-moi.

– Louise...

– Laissez-moi !

Après avoir pleuré tout son soûl on se sent apaisé. Même état de délassement qu'après la natation. L'esprit capitule.

Je me suis levée. J'ai trouvé son mot sur le bar de la cuisine, griffonné au dos d'une enveloppe, au crayon papier.

Louise. Je pense à vous comme un père.

17

Quel âge a Louise ?

Louise a vingt-cinq ans.

Et Louise est contente ?

Contente de quoi... ?

Contente de la vie ?

Non, Louise n'est pas contente, ces derniers temps la vie la rosse de toutes parts, les os, les oreilles, la tête, elle l'enferme dans un étau de solitude, une glu dont elle ne peut s'extraire, Louise voudrait que ça s'arrête, Louise...

Que ça s'arrête ? Que *quoi* s'arrête ?

Non, pas la vie, la vie l'assaille, mais tout de même, comme c'est excitant d'être là. Non, c'est que je suis fatiguée.

Fatiguée de quoi ?

De recoller les morceaux.

Quels morceaux ?

L'air a perdu de son épuisante moiteur, il fait presque doux. Pas envie de retourner à l'atelier. Je monte dans un bus. Direction jardin du Luxembourg. Je ne sais pourquoi les images de notre dernière rencontre avec Ana ne me quittent pas.

Je m'assieds à côté de la fenêtre. Le soleil traverse la vitre, chauffe ma peau. Je regarde les rues glisser ; on se croirait dans un décor de guimauve. Je ferme les yeux. Comme c'est bon.

Un homme s'est approché à petits pas. Il doit peser dans les cent trente kilos. La masse ventripotente hésite, se penche, essoufflée s'affale de tout son long sur le siège face à moi. Dans sa chute le pied a heurté ma jambe, l'homme m'observe d'un air débonnaire :

– Excusez-moi, jeune dame, faut dire ce qui est, je prends de la place !

J'approuve en souriant. L'homme a la mine réjouie du bon vivant. Pour un peu sa gaîté me gagnerait.

Des odeurs sucrées flottent dans l'air. Leur suavité m'étourdirait presque. J'avance un moment dans les allées ombragées, puis m'assieds à l'ombre d'une buvette.

La limonade coule dans ma gorge. Parfois les choses deviennent si aiguës qu'elles en paraissent irréelles. Comme on dit : la vie tourne au vinaigre.

Devant moi un chat énorme, majestueux. Un persan sans doute. Pelage roux. Sa queue soyeuse ondoie dans l'air immobile. Le chat me fixe de son regard vert, puis se renverse sur le dos, se tortille, étire ses pattes avec des ronronnements de plaisir. Il ne se complique pas l'existence, lui.

Maman ? Maman, tu es là ? Tout est si confus dans ma tête. Tu vois quelque chose, toi ? Peut-être de là-haut voit-on les choses différemment. L'horizon repousse ses limites.

Lucien m'a appelée sur mon téléphone portable.

– Louise ?

– Oui...

– Je suis à l'aéroport. J'ai réussi à terminer plus tôt que prévu. Je prends l'avion de dix-sept heures quarante. Je serai à la maison vers vingt heures. Je t'emmène au restau. OK ?

La réalité m'est apparue dans un ricanement : Lucien découvrant un homme dans la salle de bains, digne et prostré, aux mains magnifiques, se déclarant mon père.

– Lucien... D'accord, mais appelle-moi avant d'arriver.

– Il y a un polichinelle dans le placard ?

Je n'ai pu m'empêcher de sourire. Puis, très vite, j'ai repris :

– Je t'expliquerai plus tard. À ce soir.

Et j'ai coupé la communication. À présent je n'ai plus le choix : il va falloir parler.

Soudain je pense : pourquoi un bébé décide-t-il de parler ? Est-ce une nécessité ? Une question de survie ?

– Allô, Ana ? Je te dérange ?

– Louise ! Tu m'appelles d'où ? Tu n'es pas à l'atelier ?

– Je me promène dans le jardin du Luxembourg, figure-toi...

– Tu as bien raison. Si je pouvais m'échapper de ce bureau étouffant, je viendrais volontiers me balader avec toi.

En contrepoint à la voix rieuse réapparaît devant mes yeux l'image vénéneuse de mon rêve.

– Ana...

– Oui ?

– Je suis contente de t'entendre...

– Oh là, toi, tu as un petit coup de blues.

– Non, ça va... ça va...

Les larmes font leur retour. Elles roulent en silence jusqu'à la commissure de mes lèvres, je reconnais leur odeur douceâtre, presque apaisante. Moi qui jamais ne pleure, combien de fois mes larmes ont-elles coulé aujourd'hui ? N'est-on jamais asséché ?

– Louise, c'est normal que tu sois toute retournée. C'est un ouragan ce qui t'arrive en ce moment. D'ailleurs, je préfère te voir pleurer plutôt que décréter qu'il ne se passe rien.

Je n'ai pas répondu. Je sais qu'elle a raison. À côté de moi un passant au regard abruti me dévisage avec étonnement tout en se grattant l'oreille. Ça ne t'est jamais arrivé de voir quelqu'un pleurer ?

– Ana... Parfois je me dis qu'il n'y a que ça qui compte...

– Quoi donc ?

– L'amitié... La fraternité... La chaleur... Tout le reste, ça glisse, ça passe... Comme la barbe à papa : à peine tu crois la toucher que déjà elle t'a échappé. C'est insaisissable, tu vois ce que je veux dire ?

– Je vois très bien. Mais c'est peut-être mieux comme ça : ça crée du mouvement. Autrement on serait cloués à terre, vaincus... Là, on est obligés de rebondir...

– ...

– Louise, tu imagines si ton pied avait appuyé sur le frein il y a huit ans : on ne se serait jamais rencontrées...

– Tu aurais rencontré une autre amie... Tout est le fruit du hasard...

– Du hasard, ou de Dieu...

– Ou de Dieu, oui... peut-être...

– ...

– On se voit demain à la piscine ?

– Bien sûr. Mais ne compte pas sur moi pour le crawl !

Nos deux rires, encore, s'élevant au-dessus de mon verre de limonade, puis le silence.

Je me renverse sur le dossier de la chaise, j'allonge mes jambes. Position idéale pour un bain de soleil. Ma peau est d'une blancheur hivernale. Pour Lucien, toute forme d'amour révèle une présence divine. Il n'y a pas de hasard, pas de hasard, aime-t-il répéter. Je revois son air inspiré lorsqu'il prononce ces paroles. Mon rire solitaire chavire dans la limonade.

18

Soudain Louise se souvient d'elle. Son nez crochu, son regard sévère, son corps maigre. Sa voix stridente.

– Louise, une fois de plus vous n'écoutez rien, je vais être obligée de convoquer vos parents !

La vieille main s'approchait, armée d'une réglette en fer. La bouche ratatinée s'entrouvrait, laissant apparaître les dents jaunies et élimées. L'enfant observait avec fascination le bras décharné, la chair grise. C'est à peine si elle sentait les coups rebondir sur son poignet. Plus tard sur le chemin du retour elle courait à toute vitesse en se criant à elle-même : Pas mes parents, vieille bique, j'ai pas de père, y'a que ma mère, et elle a autre chose à faire qu'à écouter tes histoires !...

Et elle riait, riait. N'était-elle pas au pays des fées ?

La vieille mademoiselle Cardon. Un spécimen

rare du pendant humain de la chouette. Pourquoi resurgit-elle vingt ans après ? Hasards abyssaux du subconscient. À qui le tour ?

J'ai préparé mes trois premières phrases dans la pénombre rassurante du palier : Écoutez-moi, j'ai quelque chose d'important à vous dire. Dans deux heures mon ami rentre de voyage d'affaires. Je ne lui ai pas parlé de vous. J'aimerais que... J'aimerais que...

Oui, voilà le problème : je ne sais pas ce que j'aimerais.

... Que vous disparaissiez ?

(Non, ça c'est mon rêve, pas la réalité.)

... Que nous lui cachions la vérité : disons que vous êtes un vieil ami de mon père.

(Non, c'est tentant mais délicat, je risque de m'embourber.)

– Écoutez-moi, j'ai quelque chose à vous dire... C'est important...

Il a sursauté. Plante son regard dans le mien.

– Je vous écoute, Louise.

– Voilà... Dans deux heures, Lucien, mon ami, rentre de voyage d'affaires. Je ne lui ai pas parlé de vous...

(Détachez-moi ce regard, détachez-moi...)

– Et donc... ?

– Donc...

– Je ne vous rends pas la tâche facile, n'est-ce pas ? Vous aimeriez que je me cache sous le canapé ? Ou peut-être que je disparaisse ?

– Ne dites pas n'importe quoi... C'est juste...

– C'est juste... ?

– Je ne veux pas le mêler à nos histoires. Je veux dire, tout ça est entre nous, et restera entre nous.

Il s'est levé. Il avance jusqu'à la fenêtre, les mains derrière le dos.

– Quel âge a Lucien ?

– Trente-sept ans.

– Trente-sept ans ?

Il se retourne vers elle, l'enveloppe d'un regard aigu.

– Vous avez donc douze ans de différence...

– C'est exact.

La lame s'émousse soudain, les yeux s'arrondissent presque :

– Oh Louise, j'espère qu'un jour vous me pardonnerez...

(Pas d'émotion, pas d'émotion, restons-en uniquement aux *faits.*)

– Je lui dirai que vous avez connu ma mère, que vous avez eu des ennuis judiciaires et que je vous héberge pour quelques jours.

– Le mot « père » vous est décidément trop

douloureux... Puis, d'une voix faible : Oh, ne croyez pas que je vous juge, Louise, je ne me le permettrais pas...

Je suis sortie du salon, j'ai entendu sa dernière phrase, prononcée sur un ton étrange :

– J'espère au moins ne pas avoir abîmé l'amour que vous portez à votre ami...

De quoi je me mêle ? !

Qu'est-ce que ça signifie, « lien de sang » ? Jusqu'où ça va ?

– Louise...

– Oui ?

– J'ai remporté une petite victoire sur moi-même : je suis allé jusqu'à la boulangerie cet après-midi. J'ai acheté deux tartelettes aux framboises... J'ai cru remarquer que vous êtes gourmande...

Pour la première fois je lui souris. Il faut dire qu'il a su me prendre par les sentiments.

Cinq minutes plus tard. Nous sommes assis dans la cuisine. Nous dégustons en silence les pâtisseries. Les framboises laissent une sensation râpeuse dans la bouche. C'est signe qu'elles sont fraîches. Il a l'air apaisé. Il me demande si j'ai du sirop de menthe. Je lui réponds : Oui bien sûr, j'adore ça le sirop de menthe. Il lève son visage vers moi. Ses yeux brillent. Je flotte un quart de seconde, puis me lève pour lui servir un verre de menthe à l'eau.

Oui, moi. Louise. Moi, Louise, je me lève pour lui servir un verre de menthe à l'eau. C'est bien moi.

– Tiens, je pense à ça en apercevant votre dictionnaire de latin sur l'étagère : pendant deux mois j'ai partagé ma cellule avec un homme qui passait son temps à réciter ses déclinaisons latines. Il se levait, *rosa, rosa, rosam* ; il s'habillait, *rosae, rosae, rosa* ; il avalait son petit-déjeuner, *rosas, rosas, rosarum* ; il faisait sa promenade, *rosis, rosis, rosas*... Bref, quoi qu'il fasse, il n'y en avait que pour *rosa*. Il ne paraissait même pas s'apercevoir de ma présence. Un jour, n'y tenant plus, je lui ai demandé entre deux *rosa* d'où lui venait une telle ferveur pour la déclinaison latine de la rose. Et il me répond : Ma foi, Monsieur, madame le juge a décrété que j'étais un psychopathe obsessionnel. Quand j'ai entendu ça, mon sang n'a fait qu'un tour. Vous vous rendez compte, psychopathe obsessionnel ! Et puis quoi encore ! On a tous nos problèmes, pas vrai, mais psychopathe, ah ça !... Mais bon, j'ai quand même voulu voir ce que ça faisait d'en être un... Alors je me suis cherché une petite obsession, oh, une qui ne ferait pas de mal à une mouche, j'ai bien réfléchi et j'ai fini par me décider pour *rosa*...

– T'aurais dû lui dire que l'embêtant c'est qu'il faisait une faute au datif pluriel !

J'ai été la seule à rire : lui est resté interdit, la main suspendue au-dessus de l'assiette, la bouche entrouverte. J'ai senti mon visage s'embraser. Puis j'ai entendu ses paroles. Prononcées si près de mon visage elles m'ont semblé irréelles :

– Merci pour ce tutoiement.

J'ai articulé, la bouche sèche, les oreilles en feu :

– Ça m'a échappé, excusez-moi.

Il a hoché la tête, plusieurs fois, sans rien dire. Je me suis levée, j'ai essuyé quelques miettes qui restaient sur la table.

Louise, dans la respiration, c'est l'expiration qui compte, pas l'inspir...

Récapitulons : il s'appelle François, il a connu ma mère il y a trente ans, elle m'a parlé de lui une fois, ils se sont aimés mais leur histoire n'a pas duré. (Ils se sont aimés ? Oui, ils se sont aimés, le mensonge en sera d'autant plus crédible.) Il sort de prison, une affaire de fausses factures dont je ne connais ni les tenants ni les aboutissants, il ne connaît personne à Paris puisqu'il habite en Amérique du Sud depuis quinze ans, donc il m'a contactée. J'ai accepté de l'héberger une petite semaine. Ne t'inquiète pas, il va bientôt partir. Bref, et ce restau que tu m'as promis ?

– Louise, je me suis permis de passer un coup de fil. J'ai pris rendez-vous pour demain après-midi avec un des responsables de l'association dont je vous ai parlé hier. J'irai, d'une manière ou d'une autre. Cette fois il faut que j'y arrive. Au besoin je prendrai un taxi.

– Excusez-moi de vous poser la question, mais comment faites-vous, financièrement je veux dire ?

Il la dévisage, interloqué, puis se ravise dans un sourire :

– En fait, vous ne connaissez rien de ma vie. Élizabeth n'a pas dû souvent vous parler de moi...

– Jamais. Elle ne parlait jamais de vous.

J'ai hésité puis prononcé :

– C'était en quelque sorte un accord tacite entre nous.

Il ne me quitte pas des yeux. Maintenant la question me brûle les lèvres. Je perçois le frémissement de sa bouche : il attend. Il attend que je le lui demande.

Il ne cèdera pas.

Bon, allez, pose-la lui la question, pose-la lui. Après tout.

– Et donc, que faisiez-vous, avant ?

J'entends son soupir. Il s'affaisse dans le canapé.

– Je ne voulais pas vous tenir tête, Louise.

Excusez-moi. Mais je désirais tant que vous me la posiez, cette question...

Il me lance un regard de côté. Son bouleversement me saisit.

– Je vous l'ai déjà dit le premier jour mais je ne peux m'empêcher de vous le répéter, j'ai tant de fois pensé, rêvé, imaginé le moment où je vous parlerais de moi, de ma vie avant, de ce que j'étais... Mais, Louise, devant vous, je découvre à quel point ce rêve était un leurre : car finalement, aujourd'hui, qui suis-je ? un homme qui a passé vingt ans derrière les barreaux... Je crois que c'est vous qui aviez raison : je comprends que vous ne vouliez rien savoir de moi. Ce que j'ai été avant n'existe plus. En tout cas, cet homme-là n'est plus moi... Cet homme-là est un autre... Alors, à quoi bon vous le raconter ?

Glacée, je l'ai encore entendu murmurer :

– Puis-je vous demander de me laisser seul un moment, s'il vous plaît ?

Il me regarde. La bouche à peine entrouverte, il ferme les yeux, les rouvre aussitôt. Son visage se tord en une drôle de grimace. Il pleure.

Elle regagne sa chambre à pas de loup. Elle met le disque de Satie. Augmente le volume. Ainsi, lui aussi peut écouter.

Lucien sera là dans moins d'une heure.

19

Louise, avant j'étais banquier. Banquier dans une grande banque d'affaires américaine. Je partageais mon temps entre Paris et New York ; une semaine à Paris, une semaine à New York... J'étais ce qu'on a coutume d'appeler « un homme qui compte » dans le milieu de la banque d'affaires anglo-saxonne. Élizabeth était déjà professeur de lettres en hypokhâgne. Elle m'avait toujours assuré que ce mode de vie ne lui pesait pas, bien au contraire... Qu'elle y trouvait davantage de liberté, et pour elle et pour nous... Je sais qu'avant sa rencontre avec... avec cet homme, elle était sincère. C'était une femme indépendante. Très forte. Passionnée par son métier. Élizabeth était une femme remarquable... Je l'ai énormément aimée, il faut que vous le sachiez, Louise. C'est mon amour pour elle qui m'a conduit à cette folie... Et, sans doute, mon mépris pour moi... Mais ça, je ne l'ai compris qu'après... Je crois pouvoir dire qu'elle aussi m'a beaucoup aimé. Voilà, il n'y a rien à ajouter... Tout cela est en poussière désormais... Merci pour Satie, Louise.

20

Il n'a pas sonné. Il est entré. D'abord, il ne l'a pas vu. Il a avancé jusqu'à moi, m'a regardée, m'a enlacée. Louise. Tu m'as manqué.

Ce sont ses mots. Louise tu m'as manqué. Louise tue-moi. Manque-moi.

Non, ça ce ne sont pas ses mots.

Il me dit que je suis pâlotte. Sa voix me parvient de très loin, comme de l'autre versant d'une montagne. Heureusement le revoilà, il pourra me faire prendre l'air. D'ailleurs pourquoi ne pas commencer tout de suite avant le restau ? Il se promènerait volontiers aux alentours de La Villette. C'est charmant là-bas, le long des canaux. Il remarque que je n'ai toujours rien dit. Pourquoi ? il me demande. Pourquoi tu ne dis rien ? Je veux sourire, j'éclate en larmes. Comme une idiote. Je déteste pleurer, j'éclate en larmes. Alors il lève les yeux, et je le sais dans son tressaillement : ils se sont vus.

– Euh... bonsoir ?... Louise, tu fais les présentations ?...

– Lucien... voici François ; François, je vous présente Lucien, mon ami.

Lucien ôte ses lunettes, se dirige d'un pas décidé vers François (oui pourquoi ne pas l'appeler François, après tout, c'est son prénom) ; l'autre demeure figé, raide dans son pantalon de coton beige. Je n'avais pas vu qu'il était trop court. Il a les jambes mates et poilues. Côté peau je tiens de maman, tant mieux.

– Puisque Louise semble pétrifiée, je peux vous demander qui vous êtes ?

Un instant de silence. Mes oreilles se font bourdonnantes. Autour de moi la sensation d'un mur hostile, infranchissable. S'encercler soi-même, oui, cela est possible.

– François est un vieil ami de maman, elle m'avait parlé de lui ; François a eu des soucis de justice et m'a demandé de l'héberger quelques jours, j'ai accepté, voilà c'est tout.

Je reprends mon souffle tout en coulant un regard en biais vers Lucien. La perplexité de son visage accroît ma nervosité.

– Écoute Lucien, je te propose que nous

sortions et je te reparlerai de tout ça plus tranquillement.

– Oh, je ne pense pas qu'il soit nécessaire que vous lui parliez de moi, Louise. Vous aviez raison en décidant de ne pas importuner Lucien avec cette histoire. De toutes façons je ne vais pas abuser de votre hospitalité, je compte partir après-demain.

Le ton paraît calme, mais je surprends les mains de velours réfugiées l'une dans l'autre. Les yeux noirs se posent sur mon visage, puis glissent vers mon cou, mes épaules, ma gorge. Mon ventre. Leur lueur acérée se fait enveloppante, puis douloureuse. Ils me déshabillent. Je ne peux détacher mon regard de ce lent tournoiement. Combien de temps demeurons-nous dans cette étreinte vaine ?

– Vous n'êtes pas obligé de partir si vite, je murmure avec peine, les pupilles encore rivées sur lui.

Au mouvement brusque du bras de Lucien, je perçois son impatience. Les mots ne tardent pas à fuser :

– Bon, je crois que c'est moi qui dérange, je ferais peut-être mieux de vous laisser ensemble, j'ai l'impression que vous avez des choses à partager.

Et lui, dans un sourire qui me transperce :

– Oh, ne croyez pas ça. Moi aussi je le

pensais, mais je me suis aperçu que je m'étais trompé.

Il s'approche de Lucien, lui presse les deux mains.

– Croyez bien que je comprends votre étonnement, et sans doute aussi votre mécontentement de me trouver ici. Mais ne vous imaginez pas... Louise vous a dit vrai : j'ai connu sa mère il y a bien longtemps. J'ai eu de gros ennuis judiciaires, et je me suis permis de lui demander l'hospitalité. Je ne suis que de passage. Je pars après-demain.

– Vous n'êtes que de passage, vous partez après-demain ?...

Tous deux se jaugent du regard. J'effleure le poignet de Lucien.

– C'est bon, Lucien, je t'expliquerai, ne t'en fais pas.

Une seconde encore Lucien demeure immobile, puis il s'empare de sa veste.

– Enfin, à tout prendre, je préfère que ce soit Louise qui m'éclaircisse ce galimatias plutôt que vous. Les atmosphères irrespirables, ce n'est pas mon élément. Louise, je te propose d'y aller.

Lucien a déjà ouvert la porte. J'hésite, puis attrape mon sac. Je sens le regard noir fixé sur moi. Je me retourne.

– Il y a de quoi manger dans le frigo. Ne vous gênez pas.

Il hoche la tête. Un sourire s'envole de moi.

– Bonne soirée François.

– Bonne soirée à vous deux.

Je claque la porte. Sur le palier mon corps laisse échapper un drôle de hoquet. Lucien se retourne vers moi.

– Je peux savoir pourquoi tu ne m'avais rien dit ?

Je le regarde, impuissante.

– Moi-même je n'en sais rien, Lucien. Si on y allait ?...

Je descends une marche. Il se dresse devant moi, obstruant le passage.

– Je peux savoir pourquoi tu ne m'avais rien dit ? il répète, d'une voix plus forte.

Je l'observe. Son visage est fermé. Oh Lucien, comment pourrais-je te le dire ? Cet homme est mon père. (Louise, cet homme est ton père.) Je t'avais menti. J'ai un père. Je ne le connaissais pas. Je l'avais tué en moi de peur de le rencontrer.

Je tente de passer. Sa main agrippe mon bras. Je me débats. Mon ongle érafle sa peau. Dans une dernière secousse je parviens à me dégager. Nous nous dévisageons en silence. Son regard se voile. J'hésite un instant, puis je m'engouffre dans l'escalier.

21

Elle s'empare du tire-bouchon, soulève la bouteille de vin, découvre l'étiquette, émet un sifflement d'admiration. Ana n'a pas lésiné ce soir : châteauneuf-du-pape 1983. Bien en a pris à Louise d'apporter de bons et vrais fromages, pas ceux du supermarché du coin… Elle s'empresse de déboucher la merveille. Ana lui tend les deux verres avec gourmandise.

– Je te parie qu'on se la siffle en moins d'une heure.

– Oh, tu exagères ! Une heure… Tu es vraiment une poivrote, toi ! C'est à Marseille qu'on picole comme ça ?

– Dis, ne commence pas avec Marseille, parce que tu vas me flanquer le bourdon ! Même un bon côtes-du-rhône ne suffira pas à me soulager…

– Ah, Marseille… Dans ta bouche, ça a l'air

d'être le paradis... Je ne comprends toujours pas pourquoi tu n'y es pas restée...

– Eh, nigaude, c'est sans doute que je suis comme tout le monde : j'ai besoin d'éprouver que je me sens moins bien pour comprendre que là où j'étais avant c'était le bonheur...

– Eh bien, ce soir, on commence fort avant même la première gorgée. La conversation va atteindre des sommets.

Elles pouffent. Louise remplit les deux verres.

– Et Lucien, il faisait quoi ce soir ?

– Il allait au ciné avec un copain.

– Au ciné ? Sans toi ? Oh dis, il n'y a pas d'eau dans le gaz au moins ?

– Ni eau ni gaz, non, je ne dirais pas ça...

– Bon, toi tu vas te servir une bonne assiette de fromage, me re-remplir mon verre, et me raconter.

Ana s'est penchée vers moi, les yeux pétillants, la bouche pleine de fromage. Je n'ai pu résister à la question.

– Dis, comment tu fais, toi, pour être toujours dans un tel contentement ?

– Oh, je ne *fais* rien...

Ana me regarde d'un drôle d'air, comme si elle hésitait. Ses yeux bleus se plissent, ses fossettes se creusent. Puis elle s'étire de tout son corps, soupire et prononce, en caressant distraitement d'un doigt son verre de vin :

– Tu sais, la mort de Marc a failli me couler... Il y a eu des moments si difficiles, des moments... Tiens, tu vois, je me suis longtemps demandé si l'enfer ça existait ou bien si c'était une sorte de légende bonne à nourrir notre petite culpabilité judéo-chrétienne. Eh bien, Louise, ces moments-là, je crois que *c'était* l'enfer... vraiment... cette déchéance... Alors depuis, comment te dire, des tas de choses me paraissent si claires, si douces. J'ai envie d'aller vers elles et de les vivre à fond, tu vois, parce qu'après je sais qu'elles disparaissent et qu'elles ne reviennent plus ; alors, si on est passé à côté, quel gâchis !

– Oui, ça, c'est ton expérience... Moi, mes coups durs, je ne les ai pas pris en pleine face, je les ai toujours pris de côté, parce qu'ils n'étaient pas nets, ils étaient, tu sais, comme un vase magnifique qu'on a fêlé mais qu'on continue à laisser en évidence chez soi, en le disposant de telle manière que la fêlure n'apparaisse pas aux yeux des autres, tu vois ce que je veux dire ? Il y a alors un décalage entre ce que toi tu ressens (ta peine parce que ton vase est abîmé), et ce que les autres voient. Mais toi, tu ne peux pas exprimer ta peine. Alors tu t'enlises. Enfin...

– Louise ?

– Oui...

– Dis-moi ce qui ne va pas...

Vingt-deux heures vingt-cinq, la bouteille est vide. L'assaut a commencé à vingt et une heures. Il m'a fallu tout ce temps pour raconter à Ana la confusion des cinq derniers jours. J'achève mon récit nébuleux sur la scène de la veille au soir avec Lucien.

– Je ne l'avais jamais vu comme ça. Je n'ai pas su lui parler...

– Mets-toi à sa place ! Il t'aime, tu es ce qu'il a de plus cher, et il sent qu'il t'est arrivé quelque chose que tu ne veux pas partager avec lui... Je comprends sa réaction...

J'ai hoché la tête puis avalé une dernière bouchée de brie. Comprendre, pas comprendre. C'est difficile de comprendre les autres, la tentation est parfois forte de les vouloir comme nous. Je ne dis rien. D'ailleurs je ne peux plus rien dire, je ne sais plus rien, dans ma tête c'est un somptueux désordre, un embrouillamini de pensées blanches et filandreuses qui se succèdent à toute allure, c'est quoi un père, est-ce que ça s'aime forcément, c'est bizarre ce mot, père, ça sonne sec et lourd et mou, ce soir il est tout seul, j'ai la tête qui tourne, c'est sûrement le vin, Ana dis-moi quelque chose, quelque chose de clair et de droit qui rentre dans mon esprit puis tienne tout seul, Ana ne me laisse pas seule, la solitude c'est comme une vieille personne, lorsqu'elle est là on sent soudain son enveloppe, pesante, se cramponner à soi, Ana ne me laisse pas seule.

– Donc il part demain ?

– Oui, c'est ce qu'il a dit.

– Et ça te fait quoi ?

– Oh... Je crois que je suis soulagée... Maintenant les choses vont reprendre leur cours normal.

– Leur cours normal ? Mais Louise, toi qui es sculpteur, qui travailles avec tes sensations, comment peux-tu dire ça ? Tu sais bien que tout ce que tu vas vivre maintenant sera différent de ce que tu aurais vécu si ces cinq jours n'avaient pas eu lieu !

– Je ne sais pas... Peut-être... En tout cas, ce qui est vrai, c'est que...

– ... que ?

– ... ça me fait un peu peur qu'il parte déjà, vu l'état dans lequel il est. Incapable de se débrouiller seul...

– Mmh... Louise, je ne suis pas à ta place, mais si je peux me permettre de te donner un conseil, baisse ta garde et mets de l'eau dans ton vin... Tu risques de le regretter toute ta vie...

Ana me regarde droit dans les yeux. Ses

pupilles bleues brillent d'une expression aiguë que je leur ai rarement vue.

– Ana ?

– Oui…

– J'ai la trouille… J'ai la trouille de tout…

– Moi aussi, Louise. Ça ne se voit peut-être pas, mais on a tous la trouille. Tous. Au bout du compte, on sait ce qui nous attend. Et alors ? Il faut faire avec. C'est notre salut, et notre drame. C'est comme ça. Si tu passais tes journées à être dans la pleine conscience de ta condition humaine, tu serais liquéfiée en permanence. Il faut mettre du mouvement, Louise, beaucoup de mouvement. Toi qui es si cérébrale, tu devrais relire Nietzsche…

– Je m'en fous de Nietzsche ! j'ai hurlé.

Ana est demeurée une seconde sans bouger, puis elle s'est levée, s'est approchée de moi, m'a prise dans ses bras. J'ai senti mon visage se ramollir comme une éponge. Une première larme. D'autres n'ont pas tardé à suivre. Épaisses et silencieuses.

22

J'ai dormi dans le salon d'Ana, sur un vieux matelas qui sentait la poussière. Je n'ai même pas eu la force de me déshabiller. Je me souviens seulement qu'Ana a caressé mon front, j'ai senti son odeur de miel, puis qu'elle a murmuré quelque chose que je n'ai pas compris.

Il est huit heures. J'ouvre la porte de l'atelier, je jette en vrac veste, sac, chaussures, puis m'assieds pour la regarder.

À l'autre bout de la pièce, on dirait qu'elle m'attend. La lumière rase du matin éclaire le bas du visage et l'épaule droite, rendant le cri plus doux, semblable à un gémissement. Je cligne des yeux pour mieux la voir. Ne lui manque-t-il pas quelque chose ?

J'ai toujours du mal à juger à quel moment le travail est fini : à quel moment il convient de pousser *le grand soupir*, de jeter le tablier à terre, d'adresser à sa sculpture un timide sourire et de lui faire une déclaration de liberté ; sans cesse l'envie me brûle de remodeler une épaule, un doigt, une bouche... Il existe pourtant un seuil fragile au-delà duquel, au lieu de faire grandir, le travail saccage et détruit, je le sais, et à chaque phase finale de création j'ai peur de le franchir sans m'en apercevoir puis de comprendre que je me trouve de l'autre côté, car alors, alors, il est trop tard : la sculpture a plongé du côté du grotesque, plus rien ne pourra l'en extraire.

Mais là, Louise, vraiment : il lui manque quelque chose.

De la fenêtre je fixe une seconde le soleil. Son feu m'aveugle. Je me retourne, des mouches noires volent en silence devant mes yeux. La tête me tourne. À moins que...

C'est quoi un cri ? *Vos sculptures, Louise, regardez-les...* Louise, regarde-toi, Louise, Louise, regarde : un cri, ça n'est pas une expression du visage, un cri, ça vient du ventre, ça jaillit comme une flamme, ça tord le visage, ça ploie le corps à terre, ça brûle les mains, les yeux, le dos, c'est *vivant* !

Le jour inonde l'atelier. Je suis en sueur. Il est onze heures. Je jette le tablier à terre.

Maman, je te la donne. Elle est pour toi. Je sens ta joie en moi. Quoi, tu ris ?

23

Je cours jusqu'à l'appartement. L'air est doux. La bretelle de ma robe bleue n'en finit pas de glisser sur mon épaule, je n'en finis pas de la réajuster. Je traverse une rue. En face un homme me regarde. Je lis dans ses yeux son désir. J'aime ça. Je me sens belle.

Je monte les étages quatre à quatre. Ma main tremble pour ouvrir la porte. Enfin j'y suis. Je me précipite dans le salon. Il est assis. Il écoute Satie. Il se retourne vers moi. Il me dit qu'il m'attendait. Je lui souris. Je lui dis que j'ai eu peur qu'il parte sans me dire au revoir. Je lui dis que j'ai eu peur qu'il parte. Il s'approche. Il me prend dans ses bras. Il est vraiment grand. Son odeur m'enveloppe. Sa main frôle mes cheveux. Nous nous désenlaçons. Je prépare du thé. Nous nous asseyons sur les coussins marocains. Nous buvons le thé. Il me dit qu'il n'aime pas ça, le thé. Je lui dis que moi non plus mais qu'avec Lucien je m'y suis faite. Il rit. Moi aussi.

24

Je me suis réveillée en sursaut, allongée par terre, à côté de la sculpture. Pendant mon sommeil le marteau est resté sous mes côtes. Elles sont douloureuses. Je regarde ma montre : il est midi. On suffoque. Je me relève pour ouvrir la fenêtre. Il faudra que...

... *C'est aujourd'hui qu'il devait partir !*

J'ai claqué la porte de l'atelier, dévalé les marches. J'ai peur. Je cours. J'ai peur. Il fait très chaud. Je transpire. Mon dos doit être trempé. Je sens ma robe qui colle. Je me tords une cheville. J'ai mal. Une femme me demande si ça va, elle ressemble à maman, je me remets à courir.

Au bas de l'immeuble. Les cinq étages à monter. Je sors les clefs de mon sac. J'ouvre la porte. Ça y est, j'y suis.

Avant même d'entrer dans le salon je sais qu'il

est parti. Le silence est assourdissant. En sortant de ma chambre je me cogne à la porte.

Il a forcément laissé quelque chose. Un mot. Une adresse.

Rien.

La paupière de mon œil droit tressaute. Sur la table du salon, le disque de Satie, soigneusement rangé dans sa pochette.

25

La sonnerie du téléphone me tire de mon hébétude. Je décroche. C'est la responsable de l'association de réinsertion. Les mots retentissent, absurdes, vains. Elle devra les répéter. Monsieur Faugerol vient de se donner la mort en sortant de nos locaux.

26

J'ai marché au hasard, longtemps. Lorsque j'ai regardé ma montre, les aiguilles indiquaient minuit moins dix. L'air est toujours irrespirable. Je crois que je n'ai jamais connu de journée aussi chaude à Paris. Il faudra que je pense à demander à Ana quelle température il fait à Marseille au mois d'août.

Les rues sont désertes, la Seine argentée. J'ai perdu mon père.

J'ai mal au pied gauche. Je m'accroupis, ôte ma chaussure. J'ai une énorme ampoule. Je vais rentrer.

Je marche dans un Marais triste et beau. Rien ne remplace l'épreuve des choses. Les mots demeurent des ombres à côté de la vie.

Rue de Sévigné je commence à courir. Les façades sont trop blanches. Je les racle de la main.

Le sang apparaît. J'appuie encore. Encore. C'est si facile de se mutiler.

J'arrive chez moi. L'appartement est plongé dans la pénombre. En voyant Lucien je manque de m'évanouir.

Il m'a prise dans ses bras, m'a caressé le front, m'a donné à boire. C'est la première fois que je remarque combien ses yeux sont écartés. D'un doigt je caresse son front.

Lucien.

Nous ouvrons la fenêtre, nous penchons au-dehors. Il me tient enlacée. Une larme roule sur son visage. Un homme, ça ne pleure pas comme une femme. Un homme, ça pleure sec, des larmes presque figées. Mais tout autant salées. Comme l'air est doux soudain.

DU MÊME AUTEUR

Le Jugement de Léa
prix du roman des libraires Leclerc
Arléa, 2004
et « Points », n° P1722

Puisque rien ne dure
prix Alain-Fournier
Stock, 2006
et « Le Livre de Poche », n° 30917

Rêve d'amour
Stock, 2008

GROUPE CPI

Achevé d'imprimer en mai 2008
par **BUSSIÈRE**
à Saint-Amand-Montrond (Cher)
N° d'édition : 91373. - N° d'impression : 80781.
Dépôt légal : juin 2008.
Imprimé en France